U0058816

華志文化

華志文化

散到家

徹底化散文演出實錄

專一文類的敘寫展演

由於敘寫可以繼衍出新（文類仍在而部勒會變化現巧），
不必侷限於應類定制，所以每一個類型的發展就可能超出人的想像。
如今此地試為翻格，略加采染而證驗所信，
將結援的文例聊以當成型範，以待後效。

周慶華
◎著

書內容簡介

散文一體，因文散而得名。該散散在抒情／敘事／說理無一不可，卻又抒情近詩而非詩／敘事近小說而不類小說／說理近哲學而有別哲學，僅以居中形態自我鳴異。這當有踐履行動來證驗，且試為專一敘寫以體現所可能的文類極大化。其餘還有足夠在內涵上盡情演實的，也無妨一併致力顯效。

作者簡介

周慶華，文學博士，大學教職退休。出版有《思維與寫作》、《作文指導》、《故事學》、《創造性寫作教學》、《文學理論》、《文學詮釋學》、《文學概論》、《語文符號學》、《文學經理學》、《走出新詩銅像國》、《寫作新解方》和《追夜》等八十種。

序：專一文類的敘寫展演

現代文學僅以詩／小說／散文／戲劇四類區分，敘寫者不是應類定制，就是繼衍出新，都離不開帶固定性的審美範域。

由於敘寫可以繼衍出新（文類仍在而部勒會變化現巧），不必侷限於應類定制，所以每一個類型的發展就可能超出人的想像。如今此地試為翻格，略加采染而證驗所信，將結援的文例聊以當成型範，以待後效。

這是在體現展演專一文類的敘寫，所布列情狀自有一定的考量：就是詩以意象寓意，小說以事件徵理，散文居中並具二者特性卻不過度黏附，終而以散采獨樹一幟。此外，散文此一屬詩／小說的中間型文類，原以書寫自歷或聽聞的經驗為主，但因為它的美感機趣已逐漸拓廣到了知性說理（自歷或聽聞性自動淡化，且字質不再綿密，述說也沒那麼細長），以致在執取上，會考慮由詩遞沿的抒情雖然切要，但完形同質性高且呈幾則已足；而緣小說准設的

敘事本不盡備陳，也受擇殊圍限而難以悉數涵蓋；只有說理巧能遍及全世，無礙多舉見奇，所以各類的選入篇數就依此原則定例而互有差等。

　　最後是所取書名《散到家》，或有可釋義處，約略在「散」為散文動詞化；「到家」乃徹底同義詞。合著方便看出所要展演此一文類的敘寫狀況，而這已由副標補意完成。

周慶華

目　次

卷二　敘事散文／15

卷一　抒情散文

生命的告白

我是生命。

我會躲太陽，也會看星星，還會問月亮，只是從來不知道源自何處。

凡夫俗子看我是一團混沌，學術界稱我為有機體，佛教信徒把我當成臭皮囊。

他們所說的僅僅是肉，忽略了背後還有一個能說的主體靈，靈肉合一才有生命。

我就是這麼一個對象。以後跟我討論時，別偽裝是肉在說話，我的靈會生氣！

唯物泥淖

夜夢，我的靈跑出去，跟外靈打了一架。

醒來遇見唯物論者，他說我精神錯亂，睡著時尤為嚴重。

我沒點破，那個外靈就是他。

世上有沒腦人和無頭人，他們能思考，不必依附神經；飢餓時，也會發出覓食訊號。

唯物論那套靈肉一體說，很無趣。它沒把靈出體和借屍還魂等事件計算在內，失掉了半碗公的故事張力。

我踢它，也不該胡亂哀叫！

靈思

撿到一枚夕陽，要寄給誰，我一直猶豫不決。

松鼠，牠常偷吃鄰家的龍眼，不考慮。白鴿，牠飛不遠，還會跌落田地，也沒份。

都不合適，那就我自己留著。等愛人飢渴時，再割一點給她。

夜幕低垂了，它還在散發熱力，把一個夢燒燙了半邊，讓我抱著星星醒來。

決定要跟它分離，用我冷藏許久的語句，說道：「你太美了，我扶不起來！」

它真的別去了，月亮見證，烏雲在催淚。

書讀我

前人深覺書到今生讀已遲，不惜焚膏繼晷通讀徹夜，冀得來世風光。我無此體能，但平生兼程圖事，也未嘗荒廢。

如今已略知曉世局所繫，變數求難，書多反看我侷促。現前已儘寥落，往後焉能分遣。讀我蕭條，各書當徒嘆奈何！

想到早先發憤，我讀書盡得困惑，私心啟怨難了，竟無一語關情；後來幻變書讀我，公心告饒混世，卻有兩語逃遁，悔追不及。

讀我，我讀，書來去面貌早已殊思。過了今生勞碌，來世一片蒼白在等待。

標點人生

出生，一個驚嘆號。長毛突變，換來成堆問號。進學求職，全身布滿刪節號。結婚，兩眼得到半打句號。

逗號等了很久，才上桌。分號過來跟你廝殺，贏的是文字。頓號藏匿去了，老先生把它逮回來烹煮。引號讓給愛說話的人，他們會牢牢的拴住它。

我請出破折號，戳中了靈窟，神鬼雞飛狗跳！還有書名號／私名號／冒號在家宴，它們相約去崑崙山，卻不行動。

說完了，人生很多符號，都欠標點。

詩人

近世詩人，常被好事者訛化成濕人或誤念為死人。這樣詩人寫詩，就變成濕人寫屍或死人寫蟲，太難聽啦！

我也寫詩，出版過古體詩集一冊／語體詩集十六冊，但始終不敢自命為詩人。因為他已經被另外一些人賦予沈重的使命，叫他超出生命的負荷去創新世界；而我還想自在一點，隨興所至的寫些我自己喜歡的東西。

這樣如果有人也要稱我為詩人，那麼請他先把前面那一堆訛誤字眼清除了再說！

奴權力

很多人，瞧著都像極了權力奴。他們活不成有出息樣子，就會再深化奴性，把自己拖入搶奪泥淖，至死也爬不上來。

我目睹它的可憎，始終離得遠遠的。偶爾不防它主動貼了過來，也要想辦法將它推出去。戲局很累人，也沒啥保障，跟它相對宛如看見一個死囚。

但終究得再想怎樣跟它劃清界線。策略有點困難，行動較簡便，就是奴它一回又一回。它服軟就會退場，我隨後高舉勝利大纛。

如今鏖戰了數十年，看似績效已經呈現在眼前，實際上卻還夾雜著一些混沫渣滓等待清理。

聖慢點出場

有一道關卡，橫梗在生命的暗處，叫人不小心就會碰觸，而落得慘悽迷惘。

它來自無可細數的天國，不論由神而趨向或自趨而神化，都解決不了一個勢必要面對的晦澀的課題：怎麼會有前神？又怎麼會有後它？

是聖，它從神處進位為神聖，早就不可思議；而自仿聖起轉益成聖神，尤多支離難悉，總無以確定它的自鑄性。

身為人，成神已是天方夜譚；再升聖則會更添荒唐。顯然造字者堵了門板，自己受阻於進出，連帶的別人也沒入處可覓。

真有無

　　真理不同意我身上每顆細胞都駐著一個神，只好自己定格而將它反覆縷述於紙上，最終確有相關影子在字裏行間跳來跳去。

　　它要檢驗的對象僅用到了真假詞句，殊不知還有好壞美醜條文，那是沒得比的一大匱缺！我就不這麼看待，因為從來沒感覺過真假有多了不起。

　　一旦問起有無真假這檔事，答案幾乎自動流露出否定的姿態：你再怎麼追問，它都一逕的往後退，不讓人窺伺到終極的模樣。

　　還在迷戀真理的人，諒必另有不可告人的歪曲祕辛，那裏面藏著一大坨的權力欲，很難攻破！

憑空說善

自從真被我逆向擠兌後，善就進來說要取代它，我礙難准喀，畢竟那還有一段可以憑空細數的故事尚未了結！

說憑空，乃因能徵驗的文獻都只見人在賦予善的名實，並非俱存物，所以跟真僅差五十步的距離，無從對它信心滿滿。

它享有的是人所發給的好壞憑證，會從你我身上刮走一兩片肉，但還不至於深入骨髓去幻變花樣，沒有能夠為它高興的充分條件。

捨身救渡／捐錢助貧／推己及人／博施濟眾等等，顯示的是一道為善的光譜，叫人白了頭髮壞了身體，結局它還在直線奔馳，停頓不了！

我想把它拴來烤一烤，看會不會有肉香溢出。得到的迴響是：「你有種就試試看！」

實美在

聖空場，真晃點，善偷渡，我還留有什麼？美。

看朝夕彩霞千變萬化，野地羣花相互爭艷，鳴鳥啁啾熅心，蜂蝶飛舞調氣，美人蹀躞過來怵異，連我自己嘷嘯一聲都激動極了。

感情遇到美，少有字詞可以形容。它會令你呆在原地久久，也會乘虛進入夢境引你發痴著迷，就是不會中途給你面具阻擋駭怕！

我給聖玄虛過，也為真善蕪亂過，但還不曾讓美頹廢過。美實在經遍腦門心窩，聳出一幢大廈，常駐不膩。

獎

　　將大的拿回來，成就一個獎字。他人寶愛勝過一切，我則經常惶恐跟它相遇。

　　榮名很短暫，獎卻壓著人一輩子。我嫌它會纏礙壞身，避免接見就成了一件要事。

　　年輕時氣盛，會想到卯一兩樣獎來自我安慰；但它終究操縱在天而不能如意，最後還是得看淡從新出發。

　　前景可以預睹有無限動績在期待，獎一湧現便淪落為殘羹剩飯，不值得耽念。

　　早出的標記已經俱在，有隱形與獎心理而無實際爭獎行動，美譽由人，毋須記罣。

卷二　敘事散文

原鄉

　　我高祖父，在清同治年間偕一佺從福建安溪老家來臺討生活，入駐地是北部坪林闊瀨。

　　後人難以延續深山的雜活，頻頻搬遷；到我這代，已經內隱了一條非常曲折的移居路線。迫得我以一首〈原鄉〉詩結句「**我猶豫著要如何圈出我的家鄉**」來表達此中的波濤心境（原詩收於《七行詩》）。

　　有一年去北京，遇到一位同鄉，相談甚歡。他在出版社當編輯，問我可有著作讓他出簡體字版，我同意。返臺後，接連選了兩批書寄去，全部石沈大海，原來他給的是一個空的承諾。

　　原鄉安溪，在我心中瞬間變成溪安（加問號）！

散到家：徹底化散文演出實錄

一個巴掌學會一個字

小時入學，在分班唸書。老師大概屬代課性質，經常更換，甚至會無故缺席。

一次，校長遠道來巡視，看教室鬧哄哄的，開口問道：「誰是班長？」他的意思是要找人追究老師沒來為何不代為維持秩序。

我舉手並站了起來。他續問我叫什麼名字，我報了，他聽不懂，就示意我上臺寫在黑板。我才剛寫完，一個巴掌就往我腦門打來，並厲聲斥道：

「自己的名字都寫錯，當什麼班長！」

原來我把慶字中間的筆劃搞混了。那是入學前父親教的，入學後也沒一位老師發現糾正。現在他威嚴施加的一巴掌，喚醒了我，也令我顏面盡失的愣怔在那邊。

隔天早到，我找害我出糗的那位男同學單挑，因為當校長詢及誰會寫正確字時，他的名字也有一個慶就迅奔出去應命。不過，他訕訕的沒理會，我也算了。

　　往後我對文字逐漸興起糾纏到底的念頭，大抵是受到那次寫錯名字鬧笑話的天大刺激所致。當然，校長巴掌重劈辱人背後那一身肥厚白嫩禿頂的罕樣，我也始終嫌嫉不忘。

老師們

　　從小學到研究所，合著二十幾年求學生涯，大多過的無聊有剩。偶來趣味，也僅如曇花一現，不會讓人戀它太久。但倘若知道把所現的曇花予以保鮮典藏，那趣味還是有可能再應緣綻放姿采，教人不時想浸淫進去。

　　現在我就將一直深刻在腦海的若干花絮托個簡歷，以便記憶能夠減輕擔負，有機會再去撿拾新的經歷。這比較實具質感或確有餘蠱的，幾乎都事涉語言文字，而說寫也要用到語言文字，所以兩相碰觸一定少不了爆點火花。

　　小學期間，有位主任教我們社會，他的外省鄉音濃重到我們一句也聽不懂。測驗時級任老師監考，他怕我們陌生不會作答，就逐題的唸；同時暗示我們注意他的重音落處，那是答案所在。成績發布，沒人超過七十分！我們猜想可能他故意唸偏，免得大家考太高穿幫。但有另一個聲音突然竄出來刺破了我們的耳膜：「老師也不懂，他亂唸的啦！」難怪大家只得那

樣的分數。

到了國中，遇見一位歷史老師，從來不講課文，只一逕的說故事。理由是他認為我們被編入升學班，腦筋不差，課文自己看就可以了。但故事不一樣，它跟課文可以相互輝映，能夠廣開我們的視野；何況我們不大可能聽過，一定會有興趣而乖乖張耳咧嘴以對。是啊，聽他的課，我們從頭笑到尾，因為他自己邊講邊笑，暴牙都快噴出來，而我們笑是笑那模樣太滑稽啦！

進入師專，後兩年被一位來臺的北大中文系高材生教國文。這位老師極端討厭錯別字，每次發還作文簿都要耗掉半節課在那邊叨念，甚至叫滿篇錯別字使人不忍卒睹的作者回去寫日記懺悔贖罪。不巧的是，她在我一篇作文的尾批裏寫了一個別字。那是我畢業多年重翻才發現的：「向光明嘔歌，不向黑暗狂吠！」是謳歌才對，她卻要我嘔吐去歌詠，太慘了吧！我臆測她從來不知道謳歌是從言字旁，這下子她先前對我們的嚴詞訓誨全破功囉！

　　插班大學，詩詞課由老先生講授。他經常要我們習作，而優良作品也都叫我們謄一份交給他，拿去刊物發表（只是從不告訴我們投那裏，到底登了沒有）。他的批語，也跟我們一樣用毛筆，換成珠砂。一回他唱名喚人前去領取習作簿。輪到我時，原來他批的是「詞情老到，不似少女口吻」，乍看我並非少女，嘟噥了一聲：「嘎，是男的！」立即拿起原子筆將少女二字塗掉改為少男。實在煞風景！我填的詞為何不能假藉少女口吻？這位老先生矯枉過正，也真讓我開了眼界。

　　最末研究所，課少老師也少，他們多半只顧講自己的東西，不大留意聽課人的需求。博班時，有一門課尾聲，老師讓我們上臺報告研究心得。我逮到機會對一位喜歡打馬虎眼的學長換話質問了兩次，那位老師站起來扳著臉孔阻止我：「周慶華，問題問一遍就好，不要問兩遍！」（後來才知道對方的論文是他指導的）我本有意藉機提醒老師應該開放空間讓大家多交流意見，不料他堅閉門窗到這種地步，那想跟

他辯論點什麼的機會更不可能出現。既然如此，為了避免後遺症紛至，我只好低聲下氣去請他指導論文（我自己寫，他僅掛名），看他反應如何。他接納了，並且還眉開眼笑，彷彿允許我以後對其他人的論文不只可以質問兩遍，再多遍他都不會有意見。說實在的，我只是想快點畢業脫離，呆在那個地方太久都快不認識自己了。

以上給我經歷了語言或文字的一番情境升沈，有的夾著正向趣味可以縈懷；有的嫌它反向趣味但也值得沁思。這在我自己同樣執教於大學後，角色互換，居然沒時差的接續了當中的興致。此刻，我特別注意到二者的轉折。

有個男生說我「欠電」（電力不足），這說的很貼切，只不過直白了點。女生就比較含蓄，如有一位這樣形容我：「一個跳動頻率超快速的靈魂，不得已困在一具機動性不高的軀殼中！」我真服了她，這麼生動精采的語句她都想得出來。最令人心有戚戚焉的是一位來進修部專代班唸書的老女生，她說：「看你走路的樣子

散到家：徹底化散文演出實錄

，都像是在警告人『最好不要惹我』！」

　　好啦，我不能再舉了。再舉我都要懷疑自己是天上的龍墮入凡間，四處吞吐煙霞，虛壯了一生。

那一封信

　　當年插班考進淡大夜中文系，發生了幾件意外事，迄今難忘。

　　一件是學期成績班上最優者，學校會給獎學金。先前都是李安安在拿，我進去後換我拿，她每次看到我就不自覺流露出慌張的神色，讓我頗感詫異！我只不過照正常修課，也沒把成績當一回事，怎曉得獎學金就那樣無處去而跑入我口袋。從此我知道取代別人榮銜是很無趣的事，因為對方不會再給你甜美的微笑。

　　另一件是老生閻錫偉跟我同時考上，有點重聽，經常要向人借筆記回去抄謄。有一次他取出下修生陳麗宇的聲韻學筆記，指著工整筆跡中一個咳字問我那什麼意思。我回想課堂的情況，不覺得它有過作用。然後我們就在那邊東猜西猜，看能不能找到答案。突然間，我靈動想起來了：「老師講到上句時停頓咳了一下，陳麗宇竟然把它記著當作語意成分。」閻錫偉也有了同樣的印象，瞬間我們忍俊不住而拊掌

大笑！這件事比什麼都讓人覺得快樂。原因在於那裏面藏了一個認真虛心到極致的光點，刷亮了我們的眼睛。

　　還有一件准稀罕是中途有位葉女塞給我一封信。她語帶曖昧的試探可否交往？我有工作在忙，也跟未來的另一半即將結婚，她這一問令我傻愣：回她，必須委婉講很多話；不回她，又嫌過於絕情，矛盾極了！就在我還猶豫不決時，她乘機追了上來，開口就問：

　　「怎麼樣，有意願嗎？」

　　「我……」我說不出叫她死心的話。

　　看我面有難色，她也漲紅了臉，悻悻然的丟下一句「我知道了」，轉身就走，再也沒有新的音訊。

　　畢業後，有一年學中班代李文忠（後改李鎧任）召開同學會，我去了。進行到一半（也是中途），葉女帶她男朋友出席，並把對方介紹給大家。但沒跟同學聊什麼話，就又匆忙的攜手離去。這是演那齣戲？哦，我想通了，她刻意帶男朋友來參加虛應一下故事，不過是要向我

證明（當時她的眼神常轉往我這邊），她不是沒男人緣，別太小看她了。

　　天啊，如果真是這樣，那可就折煞我了。當初我什麼也沒表示，而她就那樣想當然耳的嫉怨至今。這到另一個世界去再相逢，是不是就得看她請來令旗限定我：「欠的情還點吧！」老實說，我從來沒想過要把人生搞得這麼複雜。那一封信使我相信了人沒有單純的自由，尤其是嘴硬不承認這點如我的人！

反質問

進入學術界，我一直在思考學術是什麼和為什麼要研究學術等問題。但所遇到學界中人卻常以學術沒什麼和隨便研究學術就可以相回應，讓我不勝辯解。

「你為何那麼在意寫文章要有特定目的，」有人質疑我，「再說也沒幾個人會看，又何必在那邊長篇大論？」

「瞧你這樣說，」我立即反擊道，「還寫什麼文章，直接當個今之義皇上人就好了。」

「不盡然！」對方撇撇嘴說，「活著總要遊戲，選定學術界玩玩，也是一種可行的策略。」

是啊，做任何事都不免帶有策略性。但他只知道玩的策略，還不知道另有更具意義的推移變遷或修飾改造世界的策略。這是學術研究必要信守的，好玩的人小心下輩子還要重覆搬演一直不可能上道的戲碼。

轉換心境一羽

我著迷寫小說。

早期習作所發表或得獎的幾個短篇，依便附錄在散文集《追夜》裏。晚近又出了一本《彌來彌去——跨域觀念小小說》，專門體證一些新潮的小說觀念。最後再完成一個長篇哲學小說《叫我們哲學第一班》，以寄寓我理想中的教學情境。

這在寫作過程中歷經了不少心境的轉換：有時點字縱逸；有時綴夢無效；有時心眼凌空……複雜到連自己都無法稍作定位。這是寫其他文章所不曾有過的。但看來也僅是一羽：很輕，會飄浮，跑走了追不回來！

「還貼了不少錢，」朋友調侃道，「怎麼有這種事？」

「別叫我生出答案給你。」我說。

散到家：徹底化散文演出實錄

半個可能

　　三十幾年前，我在關渡基督書院兼課，受邀擔任他們首屆校園文學獎評審。

　　事成後，主辦人教務主任找我去，說我們評定小說類第一名的作品，被控抄襲一篇登在某刊物的中譯小說，從題目到內文全然相同。

　　詢及結果，當事人矢口否認拷貝，且誓言說得聲淚俱下，主辦人問我意見（他們準備開鍘）。

　　我認識那個學生，她修過我的課，不覺得她是會作假的人，所以建議取消獎勵而不加處罰。說不定她被外靈借體複創了那篇作品（這種例子並不罕見），背後存著難以言喻的兩靈互動艱境。

　　此刻旁人最好不要僭越或率爾批判，以免造成當事人不必要的心理創傷。

靈學研究差點突破

國內研究靈學，除了存有不敢碰觸／深證／明講底細的禁忌，還實在受限於狹隘視野或不精見識此一陋知習性，以致迄今難有躍進式成果展示。

漢聲出版公司創辦人吳美雲（兼任總編輯），興起約了李嗣涔會合大陸的沈金川去北京訪談孫儲琳，孫是知名特異功能人士（本事跟張寶勝不相上下）。她帶回了不少新的資訊，而總結於《與大師談天2孫儲琳：是特異功能？還是潛能？》一書。

我買來閱後，頗有感觸，寫了一封信去向吳總編輯致意，嘗試引發她再深入研究正題而別在歧路上徘徊。但很不巧她人往生了，該項研究也沒有後繼者，徒然留下我那封信通達無處。當時內文我是這麼說的：

　　　　拜讀完大作《與大師談天 2》獲益良多，也覺得它比坊間同類型的書有深度得

多。那是因為你深入追究孫甚多問題的結果，而不是李沈二人的談話。李沈二人對靈異（大陸稱作特異功能）外行，也無能引導話題，且常打斷你的思路，致使有些關鍵層面還未釐清就戛然中止，甚為可惜！

李沈二人是科學人，習慣從物理科學角度思考問題，始終錯過有效理解靈界的契機（像李在臺灣做的那些手指識字和耳朵聽字等實驗，幾句話就可以解釋清楚了，而他卻花費那麼多公帑去研究），以致看似有進展了，其實仍膚淺得很！

孫的角色較為被動，且容易被誘導去回話（像李就一直片面要她供出屏幕實情，殊不知屏幕只在遙視時外靈才會提供，近距離只直接看就行了，但她卻熬不過李的強迫，只好每次敷衍說屏幕如何如何）。此外，依她所展現的靈力看，也只能算是小兒科。據我所知，世上還不乏自燃、徒手開刀和通電的異能人士，而孫只不過

藉由外靈協助而完成那些小實驗，並不算高明。

　　我猜想貴公司還會有興趣出續集，所以謹提上述觀感供參考；同時也相信你獨特於李沈二人視野將來定有更精采的訪談成績，在此也衷心的期待著。

　　順便寄上拙著《靈異學》、《生態災難與靈療》，跟你交流結緣。

　　轉告我吳總編輯不幸過世消息的代收者，跟我要去那兩本書存入他們的圖書室供讀者參考。一件本想可以從新開始的絕異靈學研究要事，就這樣無疾而終，令我悵然低迴不已！

宴恐懼

有端或無端的趕赴宴會，已經從苦差事躍升為帶恐懼症，而我卻還不能狠心擋它一兩場。

此中特多的是親戚喜設或張羅的，齊聚不擇品種，放眼看去盡是老面孔，且兼一些病容貼現，邊吃邊黯然神傷！

泛交結婚的新宴，被湊數落坐文友桌，看著別人結伴一直聊他們的話題，自己隻身只得白面相覷，飲食無味！

研究生謝師宴，勉強出席，竟然實地分座，各生都緊挨著指導教授，不跟他師互動。那次我唯一少欠，對飲空杯後，提早走人！

最難消受的是參加一位女學生的喜宴，輕度肢障的她攙著重度肢障的老公進場，極度艱困緩慢的步伐，讓結婚進行曲無法跟上，也讓我食不下嚥。因為那時滿是殘影縈腦，如何張嘴吞鮮！

恐懼症就是這般反歡快累積成的。每一次

都在想有沒有好點的戲局，我快肚皮脫窗啦！

那樣的編輯

《國語日報》「文藝版」王姓主編跟我邀稿，將刊登於「方向」專欄。幾年前已受邀過一次，整整寫了四個寒暑。

這次她特別要求寫淺白一點，像林良的筆調那樣。我沒依約，仍舊供給帶哲學思辨性的文章，因為降了格如同自廢武功，何必寫它！

然後情況變了，寄去的文章採用部分，全都被亂改一通，走樣到讓人不忍卒睹；沒用的部分，也不告知我原因。刊登方式又或隔周或隔月，全無理則。

最近連著數月不見一文，我火大了，去信說要終止約定不再供稿。當中有個較切近的理由：「我的文章都是花錢請人打字代傳，所寄去八十五篇，刊登不及半數，額外動支事小，所費心力遭到擱置事大，實在不便應邀給稿了。」

對方回函講了一些無厘頭的話，我乾脆叫她閉嘴，順便把心裏的怨氣紓解一番：「我文你

每篇都改，但常改得語意錯亂、甚至倒反！識者怪罪，難堪的是我，不會是你。如小說家費滋傑羅是姓，你在中間加圓點變成姓名，這會貽笑大方！又如網路笑話讓那隻鸚鵡講出『老闆，有人在玩你的鳥哦』，你把鳥改為鸚鵡，頓成反笑話，這也會被人瞧不起！」

　　不知道她是否受到報社的壓力才如此變樣，可以確定的是她這個編輯病未免患得太過嚴重。我從四五十年前開始投稿報刊，還不曾發現有那個編輯會隨便改動人家的文章，只有她一逕在幹這種缺德事，真是莫名其妙！

這樣的出版人

里仁書局徐姓老闆，因師長引介而相互認識。我有五本學術書也緣於少障礙而承他給予出版。

由於接觸機會多，對他為人的了解也日漸加深。應該說那幾本書的限時梓行，主要是他看重我還在職會採用為教材，即使沒賺頭也不致會吃虧；一旦我退休了，情況丕變，合作意願就完全打消。

這是我再晉第六本《新說紅樓夢》一直被拖延所感受到的。那時他並未逕拒，還快速簽約且排版定案，但遲不付印。隔了五年，在一次會面中詢及檔期，他語帶敷衍的說等他的《紅樓夢新注》系列書出齊後，就來出我這一本。

結果是他的系列書出完了，我卻收到一封哀的美敦信，說市場萎縮停出所有學術書，自然也包括我那一本。我傻眼了，一個出版人竟然食言到這種地步！

　　我早已察覺他是一個精於算計的出版人。凡是在他那邊出書的，他絕對會伺機討盡酬報，諸如幫忙推介圖書／審定資料／聯誼陪客／到訪招待等。當事人所付出的時間精力（甚至金錢），遠超過他所給的那一點恩惠。

　　尤其是他從來只給書而不支付版稅；資淺的還得自購百本（他還會提高需要自購百本書的定價以便多撈回一點／我有位同事一向受此待遇），全然不考量對方長年課堂教材都在用他局裏出版的書而該有點回饋。這次他居然小氣到家，我算是開了眼界。

　　先前我在學術傳記《走上學術這條不歸路》所對他的全面美言，說早了。其他自己所接觸過的出版人，還沒有一個像他這樣讓我麻煩應付且失望透頂！

　　不想談了，我要自付印製費請華志出版此書。里仁書局老闆可能也在等這筆錢，但我不會給他了。

書仇

從讀書到寫書，有一條仇對路存在，我稍晚才發現。

前者（指讀書）是見了北宋文同〈夜學〉詩「文字一床燈一盞，只應前世是深仇」而領悟的；後者（指寫書）則是自我尋思相關情境所察覺的。

上輩子跟文字結仇而造成讀書的俱在，可能來自仇對後的心結在虛擬上使得彼此更加趣近；而這輩子跟人結仇以致於寫書對應消解，也當是同樣心理的異性體現。後者讓我回想這一路書寫不懈的動力，著實嚇了一跳！

像《臺灣文學與「臺灣文學」》／《後臺灣文學》二書的完構，就是連著幾年跟臺文人士辯得不可開交所留下的紀錄；而《兒童文學新論》一書的梓行，則是初至東大不期而遇槓上一些兒文界前輩發憤寫就的。當時在學術會議上拚鬥所激出的刀光劍影，還沈沈疊印在腦海裏。

　　此外,《新時代的宗教》/《後宗教學》/
《佛學新視野》/《後佛學》四書所纏結與人相
異信知的爭辯經驗,也歷久彌深的為我積存了
一股恐同症,不得不跟那些教中人保持距離。
因為他們所信的都已逸離純化當義的範圍,我
無從找對象再行理性的議諍。

　　最後較特別的是談論梳理君子的書,它們
起因於後次篇所述有意決裂的那位學友。他受
邀要我撰文同去大陸安徽大學主辦的會議發
表,結果他放我鴿子自己一人去了。為著不願
白費,我就通體的研究起儒學而前後寫成《跟
君子有約:在全球化風險中找出路》/《君子
學:後全球化時代的希望工程》二書,這形同
也回應了對方的食言背信,那是我甚為厭惡的
!

　　就這樣,書仇想迴避也難以施力。不知道
來世會是什麼狀況,我還沒有心理準備解仇或
再深結仇!

嗟怨後

對於職場中某些喜歡欺負人或佔人便宜的同事，我開始有一種諒解以為強解脫的觀感。尤其是當他們不是猝死或染病亡就是子女輕生棄親的報應一一浮現後，更確定我必須這般面對。

諒解他們，是因為老天給了他們那點伎倆，不使出來難以印證造化者別有用心。這當不是史家所非議的「報應失律」那種情況（《史記·伯夷列傳》）。老天如果不先下條子，讓該獠牙輩每人守一點邪門歪道，也不可能幹了壞事還不知道。於是諒解他們的行徑，等於諒解老天的有意如此安排。

以為強解脫，則是自己沒有更好對策可以應付那些人。他們再怎麼蠻橫，終究會有苦果等著驗身，我諒解他們而自在來去不就解脫了。

「你被虧欠的有一籮筐，怎麼辦？」朋友問。

「他們也沒得到多少！」我答。

散到家：徹底化散文演出實錄

欠安事件

跟一羣跨領域的朋友論學，維持了二三十年，還沒有發生過什麼不愉快的事。

最近有一位不知道那根筋錯亂，以決裂的態度挑激我新著《《周易》一次解密》中的論點，甚感意外。

他質問我談《周易》為何不依循易傳的說法。我答以：「那是你自己的問題！」

這意思是棄絕易傳論調的緣由，我在書中已經詳細說過了，現在他得先自我回答何以得依循易傳的說法。但他沒聽懂，還扯一堆旁的東西。最後看辯不過了，就猛生起氣，頃刻整個臉扭曲變形，好像被妖魔打到一樣。

他把我簽名送的那本丟還走掉，留下其他人面面相覷，許久都沒再講話。

其實，剛來時他就秀出一張籤詩，說他先去某廟卜問，今天論學會有什麼結果。

「早就要決裂，還卜問個鬼！」我心裏想。

事情就這樣過去了。即使感覺麻渣，但我

一點也不想挽回，因為已經沒有可以再理性論
學的條件，放掉反而輕鬆自在。

又一件幸事

全省有印製學術書的出版社幾乎都試探過了，沒有一家接受我的稿子，退休後續寫的東西就委屈地積存著，一肚子怨嘆無處宣洩，直到遇著華志文化公司。

老闆吳志成先生，為人坦誠低調有包容力。他先出版我初投的《解脫的智慧》；後又出版我自薦的《酷品味：許一個有深度的哲學化人生》，二書相隔半年。但因滯銷惱人，他明告我無法再免費出版，只好洽商我半出印製費試試。

情況一樣糟糕，他又提解約的事。我改以信函尋求補救：「現在因景氣不佳而要終止合約出書，這對公司來說是不得已的選擇，但對為發展文化事業這件事來說卻是一大挫折，想來很感喪氣……看有沒有別的合作方式：比如我多出 5000 元，少印量些……不然，有其他模式可以採用也行……」他同意了前項那部分。從此採取數位印刷，降低出量，公司不必再有賠

錢的壓力。

　　一著棋已定，我就不停給稿，他則以三個月出一本的速度回報我，彼此合作空前的愉快。一次去公司相談未幾，他就忍不住好奇的問道：

　　「你寫那麼多書，既不為利（出書要自費），也不為名（出的書沒幾個人買去看），到底是為了什麼？」

　　經他這一問，我差點愣怔而語塞！畢竟寫書的目的我在書中都講白了，他也略有看過，需要重說一遍嗎？想了想，只用一句話回答：

　　「寫書是我的生活方式。」

　　他笑笑，沒說話。大概解會了；不然就是要以沈默譴責我答非所問。其實，在當時我最想岔開去對他表示感謝，就因為有他的幫忙，才有我的文字可以逃過被中斷透天呼吸的命運。

一點堅持

　　取得博士學位後，應聘到東大教書（起初是師院，後來才改制為大學），我每年平均出版兩本學術著作，但從未想過提升等。因為提升等要送審，而會審到我著作的人都不如我，何必擲去侮辱他們？

　　反觀他人，沒升等前都很低調，徵倖升等後大多突地趾高氣昂起來。不僅走路掀風，連講話也借勢壓人；更別說絕不放過爭取任何一個行政職位或頭銜的機會。

　　我看著他們那副鹹魚翻身的措大樣，只覺得好笑！心想還有躲在背後審他們著作的人，如果知道他們德性如此，很可能會狠酸道：「著作是我審的，他神氣什麼！」當事人理應要慚愧得遁地匿跡才是，但卻一點也沒自知能力。

　　就留給老天去判定吧！這世界確是亂的太過離譜了。

槐遇

　　退休那年，應朋友邀約，跟團去遊了一趟
江南。五天行程走馬看花，沒有存下什麼好印
象（我已有〈江南行〉長詩誌記此番經歷，收
於《流動偵測站──列車上的吟詩旅人》），唯
獨在上海豫園見到兩棵槐樹長得奇特，久戀不
忘。

　　成語中有一句「指桑罵槐」，向來不清楚
取意有何奧妙，待我看了槐樹後才恍然大悟此
中真諦。原來該樹長得酷似龍爪從上而下層疊
包覆單一直幹，又全身墨綠，夜黑中乍睹會疑
是鬼魅（它從木鬼構字，大概也是這個原因）
。由於此樹稀罕名貴，只有大宅院才配種植，
且多半緊鄰圍牆好連帶向外人炫富。

　　至於桑樹，乃屬低賤品種，路邊水溝旁都
能看到它的踪影。所以想要詈罵豪門為富不仁
，借著對桑樹痛詆一番可以見效；反過來倘
若是「指槐罵桑」，那就會鬧笑話！有些成語
可以倒用而不改變語意，這個絕對不行，畢竟

世上還沒亂套到容許指高罵低這種無厘頭事的存在！

　　這也無意中解決了史上一個公案的疑難。那是發生在春秋時代的故事：

> 晉靈公不君，厚斂以彫牆；從臺上彈人，而觀其辟丸也；宰夫胹熊蹯不熟，殺之，寘諸畚，使婦人載以過朝……宣子驟諫。公患之，使鉏麑賊之。晨往，寢門闢矣。盛服將朝，尚早，坐而假寐。麑退，歎而言曰：「不忘恭敬，民之主也。賊民之主，不忠；棄君之命，不信。有一於此，不如死也。」觸槐而死。（《左傳·宣公二年》）

故事中刺客鉏麑是死了，但誰知道他當時在想什麼？史家的憑空杜撰（想要給世人留點教訓），未免太一廂情願了！

　　看樣子是鉏麑驚覺趙宣子似有防備，一時情急，返身要翻牆逃走，不意昏暗中沒看清槐

樹在前，就結結實實的撞了上去（樹幹隱在葉中不易察見），一命嗚呼哀哉！

　　沒錯，槐樹下是倒了一個人，但那很可能是誤觸而非刻意強撞造成的。從新看待此事，也許比較有趣；至少我們會發現一棵老槐還真能讓人聯想翩翩！

驚帆報到

驚帆，是進師專後大夥請林慕曾老師幫忙取定的班名，一直跟著我們從未失色過。

以前我們在學校相關活動中贏得不少獎牌和榮譽，每次都高舉著那面班旗搖酸腫了手；以後出社會教書又經常以此一名義召開同學會，宛如仍在專校團聚取樂，始終沒有遺忘我們是驚帆人。

林老師教我們前三年國文，但很少私會。有一回例行運動會，他逛完各班休息區後來看我們，開口就說：「我覺得還是你們的班名取得最好！」這不是在誇他自己嗎？他帶著得意的神色離去，我們隨同他的命名也在學校愜意地過了五年。

那時王天生老師教我們英文，跟他的私會特多，但全在籃球場。他喜歡跟我們打球，也很慷慨，凡是鬥牛到晚膳時間，他都帶著我們上館子，一頓酒食花了他不少錢。有一次，我們進館子撞見林老師在獨酌，王老師請他過來

合聚。他清了清喉嚨說：

「不知道他們也會喝酒。」

「當然會喝，」王老師回應，「不然怎麼能打球！」

這原沒有什麼邏輯，但在他們二人的逗趣中驀地生出了規律：就是此類飯局會消除人和人之間的隔膜，尤其是酒的功效最大。

畢業後，大家各奔西東，齊聚已不可能，即使是同學會也從來沒有過滿數。後期我的工作地換到臺東，跟大家聯絡的機會更少了。直到退休，我才再度接近，且以年度同學會紀盛詩與會（《流動偵測站──列車上的吟詩旅人》內文／《湖它一把：東海岸最詩的傳奇》附錄已收了一部分）；偶爾還就便為主辦人撰個嵌字聯聊表敬意（《風有話要說：一個東海岸新隱士的札記》註記了一些）。

我總在想，驚帆要向兩位老師報到，說我們帶著它各創一片天堅守到現在白髮上染，沒負使命。那是當年林老師所賦予而王老師所同樂的：祝我們一帆風順，也如東吳孫權同名坐

騎揚威一方。只是他們已歸道山，這等事只能
商請老天代為轉達了，我們會據地再嘶吼看看
。

五十年手工業

攤開稿紙就會看到阡陌
我是一個農夫用筆練生產
思緒像跑馬燈必須超速追趕

寫了後面靈感來忘了前面
再次回顧又有驀地蹦出的新題材

　　這首題為〈手工業〉的短詩（收於《流動
偵測站──列車上的吟詩旅人》），所誌記的是
我後期寫作的概況。至於前期的寫作，可不是
這樣：經常要千折百迴才能成篇。而這都靠一
枝筆在稿堆上攀爬歷險，筆耕廢敗的機率難以
計數。

　　起先我投稿校刊，有了信心就外投《青年
戰士報》（後改《青年日報》）「青年園地」。期
間有位編輯寄來一封信跟我聊寫作，說我筆力
沈著有沁深樣。這很不尋常，我是開始廣為看
書了，但有無轉化在文章上卻尚未自覺，他的

信給的鼓勵甚大，往後寫作都會設法相契那句話。

　　服兵役時我改投青副，並用筆名谷暘（或谷陽），跟以前投稿校刊用的筆名黎谷或慕常相區別。第一篇小說〈尋詩的女孩〉獲登，引發楊田林兄好奇，猜測可能是校友的手筆，因為裏面有些情節似曾相識。後來知道是我寫的，驚詫得一搥再搥我的肩膀，彷彿天上掉下來了一塊糖那樣令人興奮！

　　退伍後返回分發的學校教書，再向他報和刊物投稿。由於投的頻繁，就本名和筆名交遞使用，竟然也都得到編輯的接受。一次，《中華日報》「文教與出版」居然同時刊出我兩篇不同署名的文章併排，稀奇極了！我想那並非稿源不足的緣故，而是為了讓作者亢奮一陣，以及顯示編輯本人善於塑造噱頭，我服了他。

　　就讀研究所我轉寫論文，或投學報或投學術會議或交予同道論辯，並越寫越多。在博班期間幸運跟好幾位跨領域的朋友組人文講會，隔段時間我就提一篇正式論文供大家討論，陳

界華教授見狀不禁驚呼：「你是寫稿機器啊！」他們偶爾湊數的文章全為打字稿，只有我的是手寫的，所以那一聲「寫稿機器」相應得很；但也令我心揪了一下，往後如果不再比照著景現，那可要被看笑話了。

任職於東大後，為了授課或跟學界交流需求，我試著敘寫專書且找尋出版機會。初期出版社可以接納手寫稿，據五南王秀珍總編輯轉述，每次收我稿子交給編輯處理，她們幾乎都跳起來歡呼，因為整本版面很潔淨明劃（不像別人常塗改得凌亂欠序），方便植字對校。這也使我感到有點意外，給清晰稿竟然可以造福出版社編輯。

後來出版社不再接受手寫稿，我只得倩人繕打；而為了減少麻煩，我仍然會謄清稿子交付，也都能順利完成。但別人一概不知道，我所有的稿子初擬時也是改得亂七八糟，常要用上兩倍時間才讓它離手。一起論學過的賴賢宗教授，在一場我發表他主持的學術會議裏額外點出，倘若我也使用電腦打字，著作一定會加

倍。

「未必，」我回應道，「那很可能會令我的智商降低而大為減量！」

我要說的是手寫稿已經改得暗地昏天了，換成電腦豈不要氣呼呼的砸爛它再行定調。賴兄真是不了解爬格子人的苦況，以為機械化就可以新創現實，還早得很！

從十六歲摸索寫作到現今，五十年過去了，所出版八十本書上千萬字，究竟改變了我自己什麼？想來大概只有一個：手工業實實在在迫得我中指上的繭痛隱藏起不可告人的祕密。

「感覺怎麼樣？」朋友問及。

「筆很累！」我回答。

卷三　說理散文（一）

精神財富

在以物易物的遠古社會，因為物本身不便保存，大家僅以擁有所需且能及時交易的部分為滿足，不會出現誰過富或過窮的狀況。後來改成以錢易物，由於錢本身無礙長久累積，致使經營有成或意外發達的人財產暴增，同時也給其他眼紅的人有了貪婪圖謀的機會。

貧富差距就在這時候日漸形成，社會上開始區隔出兩類人：可以晉身貴族或任意揮霍的富人和只能屈居下流或忍飢耐寒的窮人。當中特別令人不解的是，大多時候竟然「**富者恆富，窮者恆窮**」，一點轉圜的空間都沒有。

也因此，有一種歸給先定的天命觀就出來主導對這種現象的解釋，並且勸勉大家不妨順服為妙。所謂「**死生有命，富貴在天**」、「**不汲汲於富貴，不戚戚於貧賤**」和「**素富貴行乎富貴，素貧賤行乎貧賤**」等說詞，就是這類代表。

事情好像就這樣該結束了，卻又不然！裏

頭還有一個「智能成本」沒被計算進去。也就是說，整個外在環境不准許大家有隨便轉換貧富身分的餘地，並不代表那些困處窘境的人就得如此萎頓一生，他仍然有可能藉才藝的發揮締造佳績來改變命運，從此把對物質財富的迷戀轉成對精神財富的追求，而往徹底擺脫生物性束縛的途徑邁進（人所以為人的可貴就在這節點上顯現）。此刻你儘可再次從容或放心大彈「不義而富且貴，於我如浮雲」或「簞食瓢飲，居陋巷，不改其樂」一類高調，因為眼前已經有更加吸引人的東西在召喚著。

成敗彈指間

　　不論是做好一件事，還是完結一個任務，或是得到一項榮譽，我們都會說有這種能耐的人成功了；反過來就是失敗。而失敗的人，不僅顏面無光，而且還可能連生存的勇氣都沒了。

　　但情況恐怕不宜是這樣。所謂做好、完結和得到等效率，都是終點所見，全然不知過程有無投機取巧或邪僻詭騙。倘若結果內含有不堪聞問的骯髒手段，那麼到手的成功肯定是欠缺光采。

　　相對的，即使一切都失敗了，但整個過程卻充滿著生命熱力和光明磊落，也應該要被認為在心理上成功了。畢竟能夠那樣蘊蓄幹勁和遠大胸懷的人，他已著實享受到「滿是收獲」的快慰，不必等到終點看見果效才恍然有此一感覺。

　　這就可以歸結出一條理則：過程有得終點反而無得，即使失敗了也算是成功；過程無得

終點反而有得，即使成功了也算是失敗。

　　至於二者在被感覺認可上，量距理當頃刻就發生轉換為最佳狀態。也就是說，成功失敗只在彈指間就選定；否則逾越拖延很容易狐疑自己究竟是成功還是失敗，不免要錯過「再行奮起」或「痛改前非」的機會。

　　波蘭詩人斯坦尼斯瓦夫說：「雪崩的時候，沒有一片雪花覺得自己也有責任。」雪花不知道及時為雪崩負責，那它就得繼續忍受過程因卸責而不時孳生愧疚的心理折磨，不必等到下次完好沒雪崩，它已經實質性的慘敗而無顏見人了！

傳統有話要說

人展現創造力所累積的成果，在同一區域內會匯集成具有別他作用的特色，這通常就被稱作傳統；並且為了方便辨認，而有所謂哲學、宗教、文學、藝術、制度、禮俗、經濟活動等細項劃分。

傳統是每個人必然要浸淫和傳習的對象，因為它能讓大家有安全感和使社會秩序化。只是這對特別聰慧的人來說，他想要展現一點開新氣象的人生，既有傳統不免會變成一種包袱。於是傳統在被刻意掂量的平臺上也就具有兩面性：它能給人慰藉，也能教人窩囊。後者由於是聰慧的人所親身體驗的，所以一般人要比照觀感且知道採取進一步的行動，就得等待聰慧的人先行脫困後才有經驗可以給出參考。

西方思想界有所謂「傳統會像夢魘一樣糾纏著人的頭腦」和「傳統是不斷被發掘和不斷被改造」等說法，這大抵就是上述該一心理起訖的可能模式。換句話說，聰慧的人想要擺脫

傳統的束縛，無非是啟動深入發掘傳統而後勇於改造傳統這種可稱為「製造差異」的辦法。

這麼一來，一般人想觀摩，那就要盡力去尋找傳統被發掘且被改造了什麼，試為比較前後的差異，以便自己從中獲得啟迪，終而增長心智以及更有能力開展人生。

日本俗話說「愚者在自己的經驗中學習，賢者在他人的經驗中學習」，他人的經驗當屬上面那一特殊表現最為可觀。因此，「傳統有話要說」的隱喻，就是它要我們把注意力擺在聰慧的人所給傳統製造的差異上。

哲學式聰明

　　有知有識的人會被稱許為聰明，無知無識的人會被貶低為愚昧，二者分居光譜的兩端。如果捨棄中間模糊地帶不論，那聰明一端因有愚昧一端強為對照，可論處就多了。

　　首先，有知有識僅是個泛指，它在具體表徵上還得有學科的侷限。也就是說，一個人再如何的通博也不出幾個學科的範圍，其餘就「隔行如隔山」，恐怕只有望洋興嘆的份！

　　其次，由於聰明的表現有界域問題，以致標榜時就得再為它區別出科學式聰明、文學式聰明、藝術式聰明、宗教式聰明……等類型，才能克盡對它的認知。當中必須加以凸顯的是哲學式聰明一項：這以凌駕眾聰明的英姿面世，大可稱為聰明中的聰明。

　　再次，哲學式聰明所以凌駕眾聰明，乃因為它知所探索各學科背後的原理原則且能賦予意義或價值，自成一可撐起「眾學科之母」式聰明的樣態。而它在實際展演方面，則必須

以能懷疑事物「不都如此」（可能別有緣故）為
特色。所謂「懷疑是科學的第一步」，哲學家狄
德羅說的這句話，正道中了裏面的關要。

　　此外，該懷疑仍然要受到學科的限制；否
則胡亂從事難免會有憾事發生。好比曾享過盛
名的維根斯坦在一次探病中，聽到女性友人說
「我覺得自己像隻被車輾過的狗」，突然斂容
而厭惡的回了一句「你根本就不知道一隻被車
輾過的狗是怎麼感覺的」。這種反應不僅讓病
人尷尬得無地自容，還透露出自我的狹心偏執
：因為對方只隨興採用文學式的隱喻，而他卻
認真在追究語言的有無指涉，彼此很不搭調。
這不啻是誤用了哲學式聰明。

哲學知識

　　常人一聽到哲學，不是皺眉，就是傻笑，彷彿著魔般的不能自已。這固然有幾分是緣於哲學的深奧而令人困惑，但絕大部分卻是哲學的實情未被深入了解。

　　大致上，哲學是一種後設性知識，相對其他學科所屬對象性知識來說，它有著總緒析辯的功能。例如科學在解答「時間是什麼」，而哲學則會問「時間是為了什麼」或「時間對誰有意義」，彼此具有一淺一深的差序關係。只因常人不習慣做向後思辨，以致遇見哲學家不斷地深入探究事物時莫名的張皇失措。

　　也因此，某些對哲學的評斷就顯得太過草率。好比「哲學是一門傷人的學科」、「要成為哲學家就去嘲笑哲學」等分別為數學家哥德爾和宗教學家巴斯噶所說的話，這不但缺乏對哲學的認知，而且還有誤導人絕去哲學的嫌疑。

　　哲學不可絕去，早已是不證自明的道理，畢竟大家都需要進一步思考如何自我安頓、要

跟他人建立那種關係，以及怎樣參與發展文化的行列等課題，而這些課題就盡在哲學的範域。所謂「哲學教人如何長大」，作家卡爾維諾說的這句話，用來形容哲學的重要性再貼切也不過了。

　　倘若有人仍然要跟哲學保持距離，那他就得繼續忍受因短於思辨而引致心理的煩亂！這麼一來，他不僅沒能體會哲學家尼采所論斷「哲學可以作為一種逃避紛擾的工具」的好處，恐怕連哲學家賈尼科所指出「學哲學不需要一把鼻涕一把眼淚」這類開啟「理性的快慰」也無福消受了。

詭辯的代價

　　洋人初學中文，除了不辨平上去入而講話怪腔怪調，並且還常在寫作或對答上造些無厘頭的句子，像「你的問題很重視」、「我的童年是食髓知味長大的」和「東西指雜物，所以我不是東西你也不是東西」等，叫人啼笑皆非！

　　後者如果是出於無心，那我們只能說「你要加倍努力呀」，畢竟中文是世人公認最難學會的；如果是出於有意，那就很容易混入詭辯一族，免不了我們也要給予一番撻伐。

　　向來詭辯都不太討喜。好比秦二世時權宦趙高在廷上指鹿為馬，就讓滿朝官員敢怒不敢言；而戰代趙國人公孫龍的白馬非馬說一出，也惹來許多人相繼趕著去踢館拆臺，似乎整個語文世界就因為有那些詭辯而被搞得烏煙瘴氣！

　　詭辯的存在，本來也有反習見或反知識壟斷一類屬善於思辨上的意義（不能僅認定它是刻意在顛倒黑白是非）。如古希臘時代詭辯學

派所發出的「無一物存在」、「如有一物存在，
也不能認知」和「如對有一物能認知，也無法
傳達」等說詞，就頗能激勵人從新省視對事物
認知的合理性及其可能的盲點。只不過當它流
於為反對而反對的情緒性發洩，就純然是在浪
費心智了（好比有位醫師跟人唱反調，說「意
識」不存在，因為他解剖過無數人體從來就沒
發現這種東西。這除了窮開心，還能有什麼建
樹）！

　　浪費心智，後果會讓知識黯淡無光，人類
文明難以進展，比其他浪費都嚴重！而這就是
詭辯所得付出的代價。

恭維哲學

恭維，講白點就是拍馬屁。通常馬的屁股是不給人拍的（向牠示好要撫摸頸部），莽撞的人搞不清楚狀況猛拍那地方，小心會被踹一腳。同樣的，不辨場合而輕率恭維他人，也很容易引發旁觀者側目或對方不屑的眼神回敬。

好比古代有臣子大捧皇帝放屁彷彿是「絲竹之音，麝蘭之氣」，或現代有士兵狂呼領袖「我愛你，你是我的巧克力」。這在被恭維者固然不致有什麼噁心反應，但在旁觀者可就要作嘔連連了。此外，像社交場合中很常耳聞的「你的氣色真好」、「你好漂亮」和「你是城市之光」等，這些非誠懇的讚美聽來都像爆開的氣球，一點也不實在！

當然有些恭維在恰當的時間出現，剛好能帶給人慰藉或歡欣，從而反轉了它原先不入流的價值。正如電影《鐵達尼號》中的一幕，傑克在臨死前對蘿絲說帶恭維的話「搭乘鐵達尼號是我一生中最美好的事」，這就浪漫可愛極

了，應該沒有人會嫌它麻渣不中聽。

　　由於有類似的情況存在，所以恭維在某種程度上也是人際關係的黏合劑，而得到不少人的讚賞（像美國總統林肯、哲學家洛克和散文家蒙田等，都說過恭維能帶給人樂趣的話）。這樣恭維還要繼續，它所得加入的哲學思辨，就在「無害有益」此一雙面性理則上。凡是違反這個理則的，都不算是可接受的恭維。

我們來結構

　　大家都知道人難以長期獨處，但在必須跟他人共同生活時卻又不明白究竟要合為什麼樣的關係。因此，這就有個嚴肅的課題得思考：在一起玩或工作前，有必要先說「我們來結構」，然後才能決定接下來要怎麼一起玩或工作。

　　結構是把兩造合在一處的用詞，而合在一處必然會有關係的發生。這關係可以有對立、階次、隸屬、互補等多種情況。

　　那我們來結構，又要結構成什麼樣的關係？讎家麼，那是對立；長官部屬麼，那是階次；父母子女麼，那是隸屬；男女麼，那是互補。依此類推，都能夠分辨出結構的屬性。

　　在所有可能的結構中，有一種混合性的做法特別值得大家來嘗試踐行：就是提升本身的學問才藝層次而後自然被他人跟你構成多重的關係。此刻你的學問才藝會跟短絀者遙相對立，並且在價值等級方面你比他們高佔了一個

階次；同時你開始有能耐成為他們的領袖相互
隸屬，也開始有餘力吸收他們的其他長處而彼
此互補。

　　哲學家懷德海說：「人類需要鄰人具有足
夠的相似處，以便互相理解；具有足夠的相異
處，以便激起注意；具有足夠的偉大處，以便
引發羨慕。」這越往後，就是上面「我們來結
構」課題所相契的。只要你偉大得起來，就會
在受人羨慕中跟他們結成一個特殊或美妙的
關係。

借鏡動物

　　網路流傳一則笑話，說有個男子去動物園參觀，看見猩猩就向牠們揮手，不料被對方拿石頭砸到狼狽而逃。管理員告訴他，在猩猩的肢體語言裏揮手代表罵人智障低能；如果想要示好，必須改用搥胸。男子記住了，不久他又來到動物園。這次他學聰明了，看見猩猩便猛搥胸，結果一羣猩猩站成一列向他揮手。

　　這對喜歡捉弄動物的人來說，當中的反諷應該有一點預警作用：就是別小看動物，牠們在某些方面可能智慧過人呢！就像猩猩，有人觀察到牠們會聞花香（比人還珍惜花卉）、看到火紅的夕陽會愣怔許久（比人還耽戀美景）、過河前會先找竹竿測量水深（比人還有危機意識）……幾乎都是不學而能，可真羨煞人！

　　據說泰國有隻大象嫌一個男子絮聒不休，用鼻子把他捲起猛拋出去，該男子當場斃命，大象則頭也不回的走去警察局，像是要投案一樣。這場景是悲慘了一點，但對大象勇於認錯

而願意受罰來說，諒必牠會得到比較多的同情
。

　　想看溫馨的鏡頭也有：印度波帕耳的街頭
有一隻猴子把手上的麵包分給一條小狗吃，像
極做母親的在餵哺幼兒。這被記者無意中捕捉
到的畫面，也曾經感動過許多人。

　　很明顯動物的可愛可學處，遠超過人的想
像，再不虛心以對，那真的會人不如動物而活
該在「遇事不順」的忙亂中掙扎！

旅遊的哲思

　　旅遊是慢速移動的通稱，路程可長可短，裝備可簡易可繁重，心情可隨興可夾帶任務，基本上是一種有錢有閒的人的嗜好。

　　雖然如此，它也需要自我歷經一番哲學的思辨，才能遊得真實和遊得有趣。「旅遊是傻瓜的天堂」，說出這話的人是詩人愛默生，他大概見識多了常人旅遊只為了逸樂，此外就不知道還有什麼新意。

　　說來確能體會旅遊趣味的人，可不像一般閒客隨便走馬看花了事，他會細為品賞沿途的景致，悠然的消費和蒐集符號（如看待巴黎為一浪漫的都市或流動的饗宴之類），以便累進經驗而轉生產附加產品（如觀摩異地風俗和創意模式而作為開發新品項和行銷管道的參鏡等），這樣旅遊就有了深度。

　　再者旅遊也得先積聚相關資訊蒐集的經驗，對旅遊地的宗教、美術、建築、音樂和風俗民情等多些了解，才有助於文化涵容閱歷的

提升；否則浪費了時間和金錢卻還是凡胎一個，完全跟能「獨與天地精神相往來」的真遊品味背反！

此外，在出遊的空檔，也能想及旅遊未必要涉外追逐，而不妨改向內心世界探索，一如散文家梭羅所說的「作為一名遊人，不需要離鄉背井」，如此或許可以享受到另一種鵬飛沖舉「盡得翱翔宇宙」的暢快。

大體上，只要能進行上述這類哲學思辨，旅遊就不再是酷似浮世飄蓬，徒然增加旁人「見著心墮」的錯愕或蒼涼感！

看非洲故事想創意

非洲常被看成化外之地，殊不知那裏的人點子可多呢！我們想培養創意，還有得向他們學習。

比如剛果有家書店，只在人的手掌上寫出。買書人讀完了，不再需要它的時候還可以去店裏用褪色劑抹去，換上新書。把書寫在手掌上，意味著你要不時地讀它。這豈不可通到創意這件事？因為創意所以可能，正是要像面對眼前移不開的東西，一再專注後才會有所發現。

又比如非洲泛地區流傳的一則故事：蚊子在人的耳朵嗡嗡叫，是要耳朵嫁給他。耳朵嘲笑他：「你已經骨瘦如柴，還能活多久？」受辱的蚊子飛走了，以後只要他經過耳朵旁邊，就不忘告訴她說，他還活著。這一蚊子討婚的聯想，連結了兩類不同的事物，恰是創意的典型性表現，也當能給我們不少的啟發。

又比如非洲泛地區流傳的另一則故事：一

條很長的蛇，有一天盤掛在樹上，看見自己醜陋不堪的尾巴，於是追逐著它，想把它弄掉；但牠跑得越快，尾巴逃得更快，最後牠終於力竭而死。這象徵著創意的養分來自傳統，摒棄了它也就難以為繼；一如蛇想除去自己的尾巴，落得什麼也不存在！

可見珍惜傳統確保創意有源頭活水，懂得連結不同事物以產生新東西，以及能念茲在茲於對象上使發想成功等，非洲故事都秀出了一面鏡子，再來就看我們自己的攬照給回應了。

人生多反諷

反諷，指的是事與願違或表象事實相對立。如幫人家整理房間反弄亂對方的東西和面上慈祥內心奸詐等都是。

以前在電視上演的布袋戲《雲洲大儒俠》，有個角色叫「衰尾道人」，消息十分靈通，正反派人物無不要仰賴他提供資訊；但弔詭的是世上所有倒楣事都會降臨他頭上，一生從未消受過丁點好處。這不啻也印證了上面的反諷說。

原來反諷是特別留給詩人或藝術家去運用的技巧，為的是教人領略它的滑稽美。像寫詩或作畫讓斷腿的士兵還在戰場上奮力奔跑、爆炸成三截的火箭仍然兀自猛爬升和已經癱軟在桌上的手錶依舊不肯停止走動等，都帶給人錯愕卻又欣然釋放的感覺。但不巧的是，現實人生也常被反諷包圍，詭譎得很！好比才逢喜事，轉眼就有災禍來到；明明在走霉運，卻突然被告知你升官或中了頭彩，直教人哭笑不

得！似乎背後有不可抗拒的力量在左右著這一切，扭轉它只會白費力氣！

　　既然這樣，大家何不反過來一如面對詩作或藝術品那般來看待生命中的此類際遇，試著品味裏頭所含「矛盾也能孳生美感」的道理，然後想辦法自我開脫。結果縱然不可能像崇高美或悲壯美可以促使人精神振奮或情緒得到洗滌，但它獨有不協調的滑稽感興卻能令人學會苦中作樂和頤養天年！

問題距離的故事

　　面對難纏問題，一般人通常想的是「先擱著再說」，只有好學深思者才會立即找方法將它解決。不過，緣於各人思考問題有遲速久暫的差別，所能借鏡的形象也難以一概而論。

　　如哲學家克里伯克小時候有一次跑到廚房問他媽媽：「聽人家說上帝無所不在，那我現在進來是不是就把祂擠了出去？」哲學家想到什麼，就像這樣直接將它說出來，問題的距離只到嘴巴。

　　又如愛因斯坦在小學階段就一副老氣橫秋，常被請去外面涼快。他的老師說：「你這樣一臉疑惑對著我，會讓我分心，教不好課，所以請你迴避一下！」科學家多用類似的表情在呈現他們的想法，所以問題的距離延伸到臉部。

　　又如屈原寫了一篇有名的〈天問〉，發出171 個疑問。像這麼多話要說，一定得透過書寫，顯然他所內蘊問題的距離直達手掌。

　　此外，倘若還有更長的，那麼大概就在社會學家那邊了。他需要做田調而深入市井陬邑，他所想問題的距離恐怕得逕抵腳趾。

　　有意仿效這些佼佼者的人，不妨先摸熟自己接近那一類，才好上路。

懷疑的學問

　　哲學是善於思辨的代稱或總稱，而善於思辨則顯現在對事物緣由的無止盡追問。這種追問，大多伴隨著懷疑，以致懷疑就成了哲學的必備條件。所謂「懷疑是走向哲學的第一步」，哲學家狄德羅說的這句話恰好可以作證。

　　雖然如此，懷疑所隱含的對事物不信任本身，也得有道理可說或有警訊可感；否則該懷疑就會流於妄發而徒然留給人負面的印象。好比沈浸在一神信仰中的西方社會，就常出現底下這類越軌的疑問：「蟑螂腦海中的上帝是什麼樣子」、「上帝會不會吃喝拉撒」和「上帝能不能造一顆祂搬不動的石頭」等。

　　很明顯這些疑問是無解的。發問的人可能也知道難點在那裏，所以就自行作答，說蟑螂腦海中的上帝就像蟑螂那個樣子（這樣他就不用花腦筋想造人的上帝怎會一併造出蟑螂那種討人厭的東西）、上帝會吃喝但不會拉撒（這樣他就不必擔心走出門會被上帝的排泄物擊

中）；第三個問題比較刁鑽，發問的人呆在橋上來不及給自己答案，就失足落水溺斃了。

懷疑事物懷疑到這種「跑野馬」的地步，已經形同是在搬演一齣鬧劇，看得人不禁要跟著歇斯底里起來！相對其他有道理可說或有警訊可感的懷疑來說，上述那類演出顯然無足輕重而沒得討較。唯一有價值的地方，大概是它們可以當作反例，證明懷疑的學問絕對不會出自它們那邊，畢竟怎麼看都看不到裏頭有丁點可說的道理或可感的警訊！

自己拿定主意

　　教人學外語，希望對方努力不懈，有一個寓言故事常被用來激勵志氣。那個故事說：老鼠媽媽帶著老鼠兒子出遊，有隻貓堵住牠們的去路，老鼠媽媽叫了一聲「喵——」，那隻貓就走開了。老鼠媽媽對老鼠兒子說：「看吧，多學一種語言就有這個好處！」

　　這形同是在斷定或預告：「外語去學就對了，它總會有用到的時候。」但問題並沒這麼簡單！先說故事中的貓所以放棄獵捕，未必是遇到了同類，而是很可能在納悶：「牠明明是一隻老鼠，為什麼要偽裝成貓？」

　　再說貓如果興起出考題考牠：「貓的英語怎麼拼？」那不就西洋鏡要被拆穿了？因為對貓來說，英語是牠的第二種語言，牠已經學會了；但老鼠卻是第三種語言，那可還沒去學呢！偽裝一事，終究不能給下臺階。

　　依理語言得先精熟一種，才有可能專心學好第二種。而奢想同時學會兩種語言的人，礙

於時間、心力和毅力等，幾乎都只學到皮毛；爾後運用恐怕也是力不從心，成效低得很！

　　既是這樣，不如就下定決心把第一種語言學好，有餘力再看情況去學第二種語言。倘若是迫於現實環境必須接受教育兼學第二種語言，那麼就得自己拿定主意，在沒有精熟第一種語言前，不貿然把大多力氣花費在難見效益的第二種語言學習上，免得被寓言故事裏的貓笑你：「不像，還硬裝！」

大口吃歷史

每個生命有如涓涓小溪，都要匯入長河流進大海。那長河就是歷史，而大海則為歷史演出的最終場域。由於該場域無限延後存在，不可能被個別生命所及身經歷，以致只剩歷史是最真實可感的。

這最真實可感的歷史，有從過去延伸到現在的縱深可以追溯，使得生命的來處及其定位等，都能獲得相當程度的證驗，因而自我免去了「人生是否虛無化」一類無謂的疑慮。換句話說，有歷史在背後給典範（有許多精采的生活方式），生命就不會沒有意義，也不可能找不到所該努力的方向。

歷史的魅力，就在這裏。只不過當它不在本身所能經歷的時空而必須透過他人的敘述來理解時，無形中就會增加自己「苦於取捨」的壓力，因為那些敘述根本上南轅北轍或乖異難理，貿然抉擇豈不是要等著貽笑大方？

相傳英國皇宮有兩位大臣吵架鬧到女王

那裏，由於各有辯白，女王一時無法判斷是非，就傳來當天的目擊者前來作證。不料來的五個證人裏面沒有兩個說詞是一樣的。這讓正在隔壁的一位歷史學家大為慨歎：「連我親眼看到的事都有五種不同說法，那些我從未目覩的古代歷史又怎能保證它們的可靠？」說完就把他剛完成的一部《英國上古史》丟入火爐！

　　事情就是這麼弔詭有趣：大家看待事物很明顯都會受制於特定的立場和觀察角度，卻偏偏有人不相信那是事實。這就可以反觀：歷史最好能像面對食物多多益善大口吃，而將抉擇留待往後確有需求時再去斟酌從事；否則太早選定一如挑食造成營養不良，那就會害了自己（就像那位歷史學家徒然毀掉自己辛苦撰寫的著作）。

排除求知路上的地雷

　　詭辯家喜歡製造知識陷阱，引人上當。殊不知那只是在逞口舌之快，根本無助於大家開拓視野，也起不了什麼實質端正視聽的作用，所以才會被批評說「能勝人之口，不能服人之心」！

　　換個角度看，有詭辯的存在，除了會增加我們探求知識的風險，也無不可以從反面刺激我們生出分辨真假知識的能力。倘若說詭辯有如軍事地雷，那麼會不會誤踩到它而無辜喪命，就看我們的警覺心如何來決定。

　　原則上，只要一有風吹草動而預感詭辯即將出現時，立刻準備好反制的策略，就不會觸及該地雷而被炸得粉身碎骨！這個反制的策略，在有效性上莫過於「以詭辯破解詭辯」。

　　要找印證，且看下面這個故事：一位外出求學的男生返家度假，為了展現他學習的成效，就當著父母的面拿起飯桌上面兩個熟蛋中的一個，再放回去，接著問他爸爸說：「現在盤內

有幾個蛋？」他爸爸答說兩個。他反駁道：「不對！原來有兩個，我再放回去一個，所以一共有三個。」他爸爸被搞糊塗了，明明只有兩個，怎麼變三個？但又找不出兒子的說法有什麼破綻。最後是做媽媽的出來解圍：她叫先生先拿走一個，她自己再拿走另一個，然後說：「兒子，你拿第三個！」

速度的迷思

　　目前所知光速最快，高達每秒三十萬公里
。這很受某些嚮往超越巔峯或締造紀錄者的迷
戀，一直想著向它挑戰，好滿足內在那股永不
服輸的強烈欲望。

　　這股欲望的不斷奔湧，所促成的景觀便是
到處有人在發明超高速飛行器，或者鍛鍊體能
於短時間內跑出特長距離，或者製造電腦纜線
讓資訊遍歷全世界……儼然志意一啟動就想
看到成效，並且持續衝刺不設極限。

　　以前的人如哲學家培根所說的「知識就是
力量」，現在也許要改成「速度就是力量」，才
能相應現實所發生的事。但這種連小說家昆德
拉都讚嘆不已的「速度是技術革命獻給人類的
禮物」，卻隱藏著它其實也在史無前例的反噬
人類自己的生命及其存活空間等深重危機。也
就是說，這裏面已經有著不堪的速度迷思，正
在迫使大家和整體世界向下沈淪！

　　首先是論速度意念比光速還快（瞬間可到

達宇宙邊境），但人類卻一逕往外索求而不知反向內省，白白浪費掉或許可發現更好方式以安頓一己性命的心智。其次是上述心智原也能用來察覺重點在效率而不在速度的道理，如今徒讓速度居前而必須忍受古訓「欲速則不達」或俗諺「呷緊弄破碗」這種壞事的惡果。再次是一旦搭上講究速度的列車，那麼像「拚經濟」和「讓國家再次偉大」一類正連帶在耗用資源、破壞生態、汙染環境……等恐怖行動就會繼續被喚起，直到大家和地球一起滅絕為止。

　　顯然速度的迷思有如陷阱，誰掉進去誰就得等著接受悲慘的命運！

顏色思維

　　除非是視障或心不在焉，不然大家都很難不被眼前的花花世界所吸引。這花花世界儘有許多色彩可以迷戀，甚至任由你變換著心情去喜愛它們；但有人卻只想偏好，單執一種顏色思維在過生活。

　　例如哲學家蓋斯所著《藍‧色：癲狂的藝術》一書，就只肯定可以吞噬一切顏色的藍色，而特別稱許它能「引領我們跳脫人世，追索無限」。這自是他一己的看法，別人可未必有相同的感覺。不過，他說到如果一再炒作藍那個字，就會「落入結構無比嚴謹的體系中無法自拔」。這就算有自知之明，終於道出了特定顏色思維會禁錮智慮的事實。

　　相對其他思維來說，顏色思維是隸屬美感思維的一種，它以最能直接獲得快慰的姿態在面對眼前的事物。好比小說家海明威當他在遊歷中說出「巴黎是一席流動的饗宴」時，已經將五顏六色賦予了對方，讓對方在帶給人眼饞

之餘，也一併抽象飽飫了自己的口腹，雙重享受不言可喻。

　　這裏面有個前提，就是那得先把多種色彩交錯深著在心，才能映現或投射於事物上面而有豐富審美享受的反饋。否則像心懷不軌或有意為非的人，僅以黑色思維在應世，他縱使仍有得意滿足的時候，但那也不過是停留在雨果《悲慘世界》所說「黑色的幸福」階段，終究見不得天日，人生依然一片黯淡。

文明看細處

　　向來大家都喜歡談論文明，卻又講不出它
究竟長什麼樣子。這應該要有一套說詞來填補
，好讓它再被人提到時沒有貧乏空洞的遺憾。

　　首先，文明是從容不迫。有位臺灣遊客在
瑞典某城市投宿，清晨起來到附近公園散步，
發現已經有人在打掃落葉，趨前一問才知道對
方是當地的市長，閒來沒事就自動當起了清道
夫。這讓他很感慨：別國家的政治人物這時候
可能還在做著計算名利的長夢，而那位市長卻
悠閒的享受到了眼前這完全沒有人造硝煙的
沁涼氣氛。

　　其次，文明是對人有溫情。加拿大一位音
樂家去德國柏林旅遊，他走到廣場時停下來休
息，順便把帽子脫下倒放在椅子上，不意路人
經過竟然往他的帽子投錢。這教他大感驚訝：
自己只不過沒修邊幅，衣服也陳舊了一點，當
地人就這般同情他而不吝付出金錢。

　　再次，文明是愛美甚過一切。法國巴黎有

兩條街道各擺上一塊匾額，分別寫著某位詩人和某位作曲家在那一年曾住過這裏。據說看過的人都深受感動！它們那浪漫情調所透顯的美，原來是會懾服人的。

　　以上幾項，看來都不太起眼，無法跟宏偉建築和先進機具等比氣派；但現代人如果連這些都學不會（或缺少相應的涵養），那他就不算是在過文明的生活。畢竟文明除了物質的修飾外，還需要更多精神的充實，而無心於上述那些情境營造的人就只能落在後面，道地的文明他一點也沒沾到邊（因為他自己都尚未參與創造呢）！

嘗試錯誤

　　人面對未知的情境，因為不確定會有什麼
事發生，以致總是戰戰兢兢，並且還以「就嘗
試錯誤看看」的心態在自我安慰。但為著這一
嘗試錯誤，卻使得有些應變失去章法，不免可
惜。

　　比如「**道德就是以完全沒有樂趣的生活方
式活著**」，說這話的人是歌手皮雅夫。他大概嘗
試了太多行道德沒有同等回報的錯誤（就是俗
話說的「拿熱臉貼人家的冷屁股」），才有這樣
夾帶憤慨的講話。其實，那是他自己所採用的
方法有問題（一頭熱），不能怪罪別人不領情。
倘若他能先分辨道德的適用度或施行範圍，那
麼他就不會輕易行動而討不到好處。因此，這
種嘗試錯誤基本上是盲目的，也是缺乏鑑別度
的。

　　不盲目也有鑑別度的嘗試錯誤，大概是明
知道有錯誤可能，仍然要去嘗試；萬一真的發
生了錯誤，很快就能找出癥結點而予以改善。

就像愛迪生為了發明電燈嘗試錯誤了一千次，
朋友都勸他死了那條心，他卻說：「不然！我終
於知道有一千種材料不能用。」所以第一千零
一次他成功了。

　　這類成功，是由一次又一次有計畫嘗試錯
誤換來的，全然沒有浪費任何經驗。這樣能自
我檢證得失，效率高且少有後遺症，遠比前面
那一胡亂投入又短絀於應變的情況，顯然高明
多了。

矛盾修辭法

古代有個寓言故事，說有一個人賣矛，誇稱他的矛無堅不摧；又賣盾，炫耀他的盾無摧不擋。旁人反問他：如果用你的矛刺你的盾會怎樣？他尷尬的說不出話來。

類似這種自我矛盾的事，在哲學上是不被允許的；不然該說法便成了一句空話（沒有說什麼）。但出了哲學領域，它倒很常見，還自然升格變作修辭法的一種。

例如「只有真正嚴肅的人才會是輕浮的」、「電影是一種很難解釋的東西，原因在於它們很容易了解」等，這分別出自美學家王爾德和電影理論家梅茲的口中，它們很可能是被用來敷衍那些喜歡問個不停的粉絲：只有像這樣丟下一句相衝突的話，讓對方丈二金剛摸不著頭腦，他們才能脫困揚長而去。

又如「威脅世界安全的兩項危險事物：秩序和無秩序」、「愛情的道理最沒有道理」等，這分別見於思想家瓦萊里和文學家莎士比亞

的著作，它們倘若不是要跟人辯論什麼就是想自我神祕化：因為刻意講這種無厘頭的話，別人才會被唬得一愣一愣而無端地崇拜起他們。

可見矛盾修辭法還真好運用，一旦找到當中怎麼違反矛盾律的竅門，跟人辯難或爭搶出鋒頭機會，就好像天下無敵似的！只不過不能用得太浮濫；否則被人家看破手腳後，你就只會徒然給對方留下除了愛耍嘴皮，此外就一無是處的負面印象！

善用經驗

經驗是人所閱歷一切事物的總稱，在哲學思辨裏它可以再細分為知識經驗、道德經驗和美感經驗等。這各別儲備多了，無不可以充分用來解決生活中的困境或化解生命中的危機。

比如迷路了，有老馬的話，可以用牠來找出口；遠行渴久了，去探蟻穴，那附近一定有水源，這些都是前人累積的知識經驗，憑藉它保證有料想不到的好處。

還有受託或主動想幫一個人時，運用道德經驗可以省下許多力氣。像漢武帝的乳母犯忌將被判逐出宮門，來求助郭舍人。郭舍人要她臨行時頻頻回顧，他在旁邊大聲喝斥：「老女子還不快走，皇上已經長大，不需要再吃你的奶了，你還戀著做什麼！」漢武帝一聽，突然心有不忍，就放過了她。這就以道德激將，把人性中那點溫情誘發出來，果效奇佳且費力甚小。

此外，想要自我療癒，依賴審美經驗肯定

是少不了的。著名的例子，如陶淵明在家裏擺了一臺無絃琴，閒來沒事就想像一個人在那上面撫弄而怡然自得，其實他根本不會彈琴（有遺憾）。又如小說家巴爾札克掛了一只畫框在牆壁上，不時對著它欣賞到忘我，因為他實在買不起畫（會苦惱）。

大致上，道德經驗用來助人，而知識經驗和審美經驗則用以自助。不論是否另有更高要求，總以先妥善估量切合性為要；否則胡亂發用，只會得到反效應。

新剃刀原則

言說或書寫，有個哲學家奧鏗首發的剃刀原則在警惕大家：「除非實體必要，否則不應增多。」這一力求簡潔道理，被認為可比金科玉律，難以不予遵從。

只是如果為求簡潔而忽略其他可能更重的問題，那麼儘管大力刪減一些累詞贅句也顯不出多大的意義。因此，這還得有條件附加，知道要藉為剔除了無新意的言說或書寫，才算是善用到了極致。這樣不妨改稱為新剃刀原則，表示它正要從新出發。

至於它在剔除所該剔除的部分後，自己所得呈現帶有新意的言說或書寫，則約略以能深具啟發性為準的：從對比取義或從反面立論，讓人耳目一新。

如唐代白居易聽一位禪師說教「諸惡莫作，諸善奉行」時，輕蔑的回以「三歲小兒道得」，不意對方卻答道「三歲小兒道得，八十老翁行不得」，他聽後嚇出一身冷汗！這就以「行不

散到家：徹底化散文演出實錄

得」和「道得」做對比說中人心的陰暗面（光說不練），衝擊力十足。

又如美國前洋基隊教練托瑞對採訪他的人說「**職場上的行家並不一定是贏家；就算拚命去做，也不能保證你會獲得勝利**」，這也以「成功並不全靠努力」（還要有運氣）全然一改常人的說法，見解超卓，諒必可以得到更多的迴響。

上述這些都暗自刪去了常理卑論，只留下那精到的部分，可說是深得新剃刀原則的真髓。

成功沒有捷徑

想晉身為人上人，關鍵在於學問或事業有成就；而該成就的關鍵又在於能否具備超常的條件。這要借鑑的事可多了。

首先是想像力。所謂「**天馬行空的秉賦對我的意義，遠超過我積極吸收知識的才華**」，說這話的人是愛因斯坦。他以為想像力比智商重要；智商有助於仿效，可以把輪子再發明一遍，但遠不如想像力能結合兩個不同事項而造出一輛車子。因此，想像力是成功的必要條件。

其次是熱情和努力。所謂「**人們在聰明才智上的差距不大，唯一的不同在於付出的熱情和努力程度**」，說這話的人是達爾文。他也跟愛迪生一樣認為成功來自一分天才和九十九分努力，不過他又加了牛頓的「念茲在茲」般熱情。有了熱情和努力，想像力才能持續發揮作用，以致二者成了成功的充分條件。

再次是無待奮起。所謂「**多數學生彈完一首曲子，會像哈巴狗一樣等著老師稱讚；好的**

學生則自己曉得表現是好是壞」，說這話的人是影片《情到深處》中的鋼琴老師。這區分了常人和英才的格局，所意味的是後者成功率大，全來自不等待他人嘉許就知道發憤上進，印證了成功還得有此一隱式的輔助條件。

　　不論是想像力，還是熱情和努力，或是無待奮起，都得恆久歷練，不可能一蹴可幾或僥倖獲致，於是可以斷定成功沒有捷徑能夠抵達。

知識陷阱

　　古希臘有個叫芝諾的人，很擅長跟人爭辯。例如他認為英雄阿基里斯跟烏龜賽跑，只要他讓烏龜先跑，那他永遠追不上烏龜，因為每當他跑到烏龜原來的位置，烏龜就又向前跑了一小段。依此類推，阿基里斯怎麼也不可能跑贏烏龜。

　　這用數學作依據，很容易矇混到人，教人啞口無言；但從現實的角度看，那僅是個必須破斥的假命題，畢竟阿基里斯只要大跨一步就超過烏龜，怎麼可能輸給牠？

　　類似這種情況，我們古代也有。像《莊子》書就記載了一些名家的主張，如「**輪不輾地**」（我們只看到車輪在轉動而看不到它輾過地面）、「**飛矢不動**」（我們剎那間看到的飛矢都是靜止的，以致箭矢並沒有真正的飛過去）和「**雞三足**」（雞兩隻腳，我們數牠時加數本身共有三隻腳）等，這乍看也很難反駁。

　　事實上，那只不過玩了一場語言障眼法遊

戲，旁人就被搞得暈頭轉向；否則大家只要堅持說「輪輾地」、「飛矢動」和「雞二足」等，他就沒轍了。

　　顯然這裏面有個以詭辯唬人的問題。不知道那是詭辯而以為真有這種知識的人，就會無端的上當！反過來，不想掉進那種陷阱的人，就得發展出類似上述這一拆穿詭辯或不隨詭辯起舞的策略，才能確保自己存在的優勢。

鸚鵡學舌進化的啟示

　　學習是一個漫長的歷程，知道變通翻新的人才能把它縮短。這有點像鸚鵡轉換身分的處境：如果鸚鵡僅能照著仿效人講話，那牠永遠無法脫離純粹學舌階段，沒什麼稀奇；只有在牠懂得超出單向仿效格局，才會撼動人心。

　　作家馬景賢養了一隻鸚鵡，很愛學他說話和對異性吹口哨。前者一句「我在樓上」口頭禪，常讓郵差苦等不到人來開門取掛號信；後者則曾經把鄰居一位大嬸唬得神色慌張。當那位大嬸相遇反應說：「馬先生，巷子裏好像有壞人！」他笑呵呵的答道：「那個壞人就在我家。」引發的一場虛驚雖然值得玩味，卻也僅止於仿效過頭罷了，還不到使人驚異程度。

　　小說《紅樓夢》有一幕：林黛玉臥病在床，她的兩個丫環從外頭進來，廊上籠裏的鸚鵡突地說了句「姑娘回來了，快倒些茶來」，令她們嚇了一大跳！這就有點主動出擊的味道，顯示那隻鸚鵡已經能夠稍事變通回應了。

　　網路流傳一則笑話：某家商店門口有隻鸚鵡會說人話，一位男子慕名而來。他一進門就聽見鸚鵡一句「歡迎光臨」；為了證實此事屬真，他就連著兩次跨進跨出，都試驗成功。但到了第三次，鸚鵡不再理會而逕自轉向裏面說：「老闆，有人在玩你的鳥哦！」這權當它不是虛構的，無異可以一窺鸚鵡知道翻新以超越人是什麼樣子。我們想要出頭天，在學習歷程不就是得像鸚鵡這樣不斷地進化麼！

哲學笑話一籮筐

眾學科中，哲學一向是以嚴肅姿態在贏得世人敬畏和讚嘆的，很難想像它也會鬧出輕佻的笑話來。但事實上，這一正經八百的學科卻常在有意無意間脫序演出，無厘頭得讓人爆笑兼納悶不迭！

像「地球由一位大力士撐著，大力士又由一隻烏龜撐著，烏龜再由另一隻烏龜撐著，然後底下都是烏龜啦」、「我沒有打她。是我的手臂正在移動時，她的臉剛好擋在那邊」和「胃腸脹氣是為了產生臭氣，而臭氣是為了幫助聾子分辨」等說詞，都不禁要引人發噱，卻又莫名它們的來由（為何要破壞哲學的形象）。

原來它們全是想要契入哲學的形上因果原理、認識規律和邏輯推論法則的，只緣於自我錯亂或走樣失能而小丑化起來，不鬧笑話也難！

此外，像某些哲學家脫口而出的「要成為哲學家就去嘲笑哲學」、「我們可以完全只用笑

話就寫出一本好的嚴肅哲學書」和「哲學的價值在於隨它自身而存在的不確定性」等話語，也因為不知所云而徒然留給旁人「又多了一齣滑稽劇」的感覺。

　　以上這些戲碼，可以給世界增添笑聲，卻無助於哲學的進展。將來想在哲學領域貢獻心力的人，在給自己裝配翅膀準備翱翔時，可得小心持守，以免鬧了笑話反向拉扯而提早沈墮敗退。

思想著色

著色在繪畫中是必經的歷程（留白也是一種顏色），在思想裏則始終被視為禁忌。衡量點在於前者為了美觀而後者駭怕走樣，想把它們兜在一起談論，似乎困難重重。

一般都將科學語言當作思想發用的典範，因為它們全是中性的；至於特別常見的情感語言，僅緣於涉及善惡美醜，就被判定為著色的思想。然而，這樣的區分又有什麼依據？

且看「火車慢三十分鐘到達」、「小偷是壞蛋」和「他健壯得像一隻蒼蠅」等語句，第一句為科學語言，第二、三句為情感語言，它們表面是有純粹描述事物和加入價值判斷的差別，但內裏所要引發人情緒反應的用意卻無二致（第一句不論是要激起羣情共憤火車又誤點了，或是在暗示大家耐心等待火車終究會進站，都跟第二、三句一樣隱含有愛惡情緒）。這樣還能強分誰著色誰不著色嗎？

顯然由語言定式的思想都或隱或顯的著

了色，並不關係有無的問題。這對我們正在發展複雜思想的人來說，真切的認知就不是要避開著色的課題，而是得更深一層的把「怎樣著色才有好效果」搞清楚。比如想溫暖人心，就不妨著上淡黃或淺藍的顏色；而要顯示自己有好修養，也不妨少著上太濃膩像深紅或墨藍的顏色。依此類推，給思想著色會成為一門有趣的學問。

歷史癖和癖歷史

　　對過往所發生事件敏感的人，動輒要去考證它們的前因後果，彷彿是他親身經歷過的一樣。我們會說這種人有歷史癖：從不放過可以追踪時間流中事物來龍去脈的機會。

　　問題是那些事物經常變幻莫測，且又不明來由。像有兩場很詭譎的戰役：一是奧俄聯軍正要跟拿破崙部隊決戰，突然聚來一陣濃霧，阻斷大家的視線，整個防禦系統讓處於劣勢的拿破崙部隊趁機破壞，而吃了大敗仗。

　　另一是楚漢相爭期間關鍵性的彭城一戰，劉邦所率五十六萬諸侯兵，不敵項羽所率三萬精兵，最後僅剩十幾人還被圍了三匝，眼看就要命喪他鄉了，那知道西北角倏地颳起一陣強風，將該處人羣盡數衝散，而劉邦他們就從那個缺口逃走，歷史因此改寫。

　　試問有歷史癖的人要如何解釋那陣霧和那陣風？即使可以把它們歸於天意，但也無法再說下去天意背後又是誰在決定的？

可見歷史癖很可能流於強作解人的怪癖下場，一點也不值得標榜。倒是將它轉成動詞癖好而變成癖歷史後，不論可解可不解的事件都無妨盡情看待，從而感受到馬克吐溫所說「**歷史不會重演，只是會押韻**」那種如詩般任你跳接思緒把玩舊事件的美妙；否則只抱著定要親身經歷的信念而幻想歷史重演，恐怕最後都會趣味盡失。

文字志業

　　歷來有關文字的創造，堪稱神聖而艱難。神聖，是因為人類的文明捨棄它無以建立和傳續；艱難，是因為沒有人刻意想創造它而可以成功。

　　後者的意思是，文字幾乎都是在靈光一閃而非預期情況下被創造成功的，人明著的智能願力不一定派得上用場。縱是如此，文字的創造仍是一件可以驚天動地的大事。相傳黃帝史官倉頡造字時「天雨粟，鬼夜哭」（天神嘉許他降下粟米作為獎賞，鬼靈感佩他在夜裏不禁喜極而泣），就是明證。

　　也因為文字的來由如此不尋常，所以我們後出的人在對待文字上就得有多一點的敬重心理。但放眼所見，使用文字的人卻絕大多數只圖短暫效用，導致文字變成一種工具而自動降低了它的神聖性。在這種情況下，文字的可感懷就不全是正數（因為它本身的價值被轉移了）。

如今我們倘若還有一點雄心想為文字挽回一點尊嚴，那就得把它的轉創作當成一種終身可以寄託的志業（也別於純為工具期程的職業）。這在古代上流社會已經有「經國大業」憑藉於高卓文章的倡議，證實文字志業事能夠成為不朽盛事的；而在晚近民間，仍有習俗將廢棄的字紙集中於亭子焚燒，不讓人踐踏毀損，這也可見敬重文字慣習的一斑，假以時日定然有助於文字志業的推動。至於所轉創作的成果是否真能流傳不輟，那就不是當事人所能料想，不如就讓它自己去找出路吧！

知識熵

　　熵（entropy，能趨疲），為熱力學第二定律，特指在封閉系統中質能無法互換（如燃燒汽油變成氣體，而氣體不可能回復為汽油）。這不無暗示著：如果大家不減緩對物質的耗用，那等不可再生能量到達飽和，地球就會陷於一片死寂，屆時所有的生物也將無一能夠倖存。

　　在知識領域，其實也不乏類似這種正熵情況。好比貫串一部科學史的唯物論，不但在解釋人有思想和情感等心理狀況上常左支右絀（始終要將它歸為生理作用而難以服眾），並且還應付不了世上有無腦人和無頭人的存在，以及宗教所信誓旦旦描繪的神靈鬼靈形象一類事實的挑戰，於是有關它的「知識能趨疲」命運勢必註定不去了。

　　縱是如此，只要有新的資源介入，正熵也有可能轉成負熵。這在地球此一幾近全封閉系統方面固然很難想像，但進入非物質性的如知識領域卻充滿希望。知識領域緣於人的智力運

散到家：徹底化散文演出實錄

作，可以讓它全方位敞開，向多元世界輻射魅
力；而我們也就在這一勤於「創新知識」上得
到了適切的安身立命。

例如古典力學的絕對時空觀，遭遇現代相
對論的相對時空觀和量子力學的不定時空觀，
就開始鬆動而使得大家對物質世界的想像空
間變大了；而晚近混沌理論對於無序這種最高
秩序的指陳，以及複雜理論對於無序背後偶發
變數的判定等，又開啟了另一波新的時空觀。
如今留給我們的是：那偶發變數可當真？難道
沒有不被注意的神祕力量在進行操控嗎？逆
反此類知識能趨疲，顯然還有我們必要致思的
地方。

書的劫難

　　因為網路興起、手機普及和人們迎受態度轉向等變數的出現，造成一向擔負著開啓智慧靈窗中介者的書市快速萎縮，不僅書店和出版社一家家消失，連作者也緣於供稿無門而遁入冬眠狀態，這般冷寂豈是一個「慘」字可以形容！

　　想想上個世紀末臺灣年出版量四萬種的榮景，如今已衰退到但存數千種，而且絕大都分一上市就等著回收打成紙漿，迫使出版人、書商和撰稿者都在苦撐渡日，無人敢對未來有任何美好的憧憬。

　　如果說書是集結高度訊息量的知識存庫，而讀者在裏面能夠得著無窮多增智累慧的便利，那麼少了書這一切就會變得虛無縹緲化：無處可以歸屬，也無處可以著力，整個精神世界終將要面臨潰散的厄運！

　　如今放眼所見，莫不是人持一支手機成天在網路上無目的漫遊，渾然忘了還有書的存在

，以及背後無數心血所投入為傳承文化和開啟新局的努力，不啻是書遭逢了天大的劫難，人類的前景恐怕要從新計慮。雖然為趕風潮也有電子書的製作，但在大家仍舊喜歡速食零碎資訊的情況下，那些換裝作品所被接納程度依然低的可憐，書的命運乖舛已成定局。

　　前人面對飽讀詩書的士子時常有「書到今生讀已遲」的感慨，意思是這輩子才來讀書太慢了（上輩子就要讀好了）；也因此我們這輩子用功讀書是為了下輩子省點力氣。問題是現今大家都不碰書了，那所有的荒疏感延續到來生，豈不要更加的空茫？這可得好好的三思才行！

世間道

　　向來法律是解決民事賠償和刑事報復的
一道關卡，但它未必是需要的重要或終極性手
段，因為還有道德。道德的自主和互利行為，
比起法律的被動和片面壓制舉措是要更值得
大家來崇尚的；否則凡事只知訴諸法律而缺乏
諒解心理給予緩衝，那麼它所得付出「冤冤相
報」的代價，就會迫使雙方都淪為輸家。

　　有人問孔子「以德報怨」怎麼樣，孔子反
詰說「何以報德」，不如「以直報怨，以德報怨
」。以德報怨是老子的主張，它帶有宗教家的崇
高美德性，也是作為一個道家人物為求「自在
逍遙」的最佳選項。只不過它對講究入世的儒
家信徒來說卻有著「不通透人情」的弊病在，
畢竟仍有一個「何以報德」的環節要面對，不
能胡亂因應而造成倫常的全面脫序。因此，以
直道或採正直態度對待怨恨，而用德惠回報德
惠，就成了最合適的世間道。

　　至於一般短少道德自制的人，他們所經常

演出的「以怨報怨」戲碼，那就僅夠停在純生物性的互相殘賊掠奪層次，怎麼矯造都不可能變成人間社會的和樂圖。畢竟這裏頭有一如螳螂捕蟬黃雀在後的故事那樣，永遠難防「還有更在後面的敵人」。可見當事人都誤以為法律可以還給他公道，殊不知道德實心才是化解戾氣仇恨的唯一途徑。如今道德在法字前噤聲了，他們就得讓自己滾進黑汙的泥淖裏，從此沒了面目格調可以被人稱許仰望。

閱讀素養

　　人類想出類拔萃所需的三種能耐：累積知識、涵養道德和提升美感等，幾乎都來自閱讀。只有閱讀，人的知識度才能快速增加、道德性才會越發精湛和美感力才知所突進方向。

　　這是緣於書累積了無數高華的知識、深刻的道德和豐富的美感，誰能就近讀取增益，誰就會晉身為秀異殊類（相對的只停留在有限生活經驗而不閱讀的人，就難以相比肩）。也因此，俗話所說的「讀萬卷書，行萬里路」，就得有側重點的考量：讀萬卷書是必選題，行萬里路為隨機搭配。

　　話說回來，閱讀本身也要不斷升級，向著無限累積資訊量的途徑邁進，才能嚐到那「高華的知識、深刻的道德和豐富的美感」滋味。而這就會牽涉一個閱讀素養的問題：包括相關的認知、欲力和自許等。

　　閱讀是在向凡庸的人生告別。正如愛因斯坦所說的「研究科學（可替換為閱讀），是要逃

避日常生活中令人厭惡的、粗俗的和使人絕望的沈悶」，沒有這種認知而仍沈浸在那沈悶單調生活中的人，就不可能發願要讀遍天下書。

還有閱讀得引向有益人生的開展上。好比班奈的小說《非普通讀者》所說的「書本不是用來擲入生命，而是用以發掘生命」，少了欲力去探索真善美道理而賦予生命深度的人，就無從成就了不起的事業。

此外，閱讀的最大挑戰在超越自己。就像海明威所說的「超越別人不算是什麼高貴的事，真正高貴的事是超越原先的自己」，不知道自許這一心願的人，恐怕就要半途而廢或走到旁門左道去了。

框架

　　蓋房子要先立個框架，隨後才能加上配件而完成一棟建築物。這比擬為人的思考，同樣也得有相關的框架，才不會雜亂無章。

　　相傳有位爆發戶，平常也會寫點東西，但不曉得散文是什麼。經人告知後，他才恍然大悟的說：「啊，原來我已經寫了三十幾年的散文！」倘若他先有詩、散文、小說、戲劇等文類概念的框架，就不致會在他人面前冒失出糗！

　　框架的重要性，顯然已不可言喻。試想一個物理學家如果沒有時間、空間、質量、速度、粒子等科學概念框架，他如何能夠思考講說物質世界的一切；而一個心理學家如果少了意識、潛意識、智商、情緒等人性概念框架，他如何可以度量談論精神世界的一切？這都意味著框架的必要先行存在，不由得人輕忽蔑視它。

　　由於不同的思維形態需要有不同的框架，所以想辦法儲備那些框架也就成了人在學習

過程的重要功課。好比大家交談要有效率，就必須具備質（真實可信）、量（訊息足夠）、關係（密切相涉）、方式（精準有效）等屬合作準則的概念框架；否則難免會流於打啞謎而阻礙交談進行的不堪下場！

例子像甲對乙說：「我們該把賬算一算了！」這裏的賬所指是什麼並不清楚（違反方式準則），想必聽者會一頭霧水而無從給予回應，這樣說者的討債或討情目的自然就達不到了。

當然框架也可以打破，但那是為了創新。創新所打破的框架會出現另一個框架，它更足夠給人帶來前進或更臻勝境的力量。

觀念出框

　　古人曾有過「立身宜先謹重，文章且須放蕩」一類的倡議。後者用現在的話講，就是作品激進無妨或破格也可，目的在翻攪求變而締造迥異的審美感受。

　　這對於創新觀念一事來說，尤為重要。倘若少了激進或破格這種出框的衝動，那麼想看見可促進文化發展或改善人類生活的觀念創新大概就得無限期等待。因為文化能夠向前推衍或人類生活得以轉為美好，都是緣於有差異性的事物被創發了；而該創發乃大多起自激進或破格這一出框的表現，很難越過它而還可以想像文化或人類生活有法子添加新面貌或變出新氣象。

　　例如我們會以為傳統是束縛人的東西，但就有像哲學家海德格偏偏說「傳統使我們自由」；而大多數都認定知識是不可不擁有的高價物，但就有像劇作家索福克勒斯和聖經學者伊拉斯謨斯分別反向說「最幸福的人生就是完全

無知」和「人生最有價值的並非智慧或虔誠，而是愚蠢」，這都猶如平地一聲雷，教人震懾不已！

那些推陳出新的觀念，無不可以激起我們改為深入理解傳統和悟及知識被用來殘害同類或破壞生態的恐怖，而從無盡悠遊往古來今中發掘有益更新現時體制的元素，以及輾轉據為有所收斂智慮的濫用以便世界變得美好。

觀念出框的可貴，就在這裏。

閒字有學問

　　閒和閑原義不同：一指門縫（門透著月光表示有縫隙）；一指門欄（控制牲畜進出的簡易木門）。但不知道何時開始，兩個字被人混用，意義就不再區別了。

　　即使如此，它們仍然有美感及其使用上的差異，小心分辨還是可以顯示一點學問性。這是因為閒已經引伸為空閒或休閒（從「門中窺月事屬浪漫」一層引伸而來），在寫作時於練字組句的技藝要求上，善用它總能顯美增價。如「**你真悠閒**」、「**閒暇時多來走走啊**」和「**莫等閒了白頭**」等，都有暗扣「閒引伸為空閒或休閒」的新義，不僅形態不突兀，還能提供他人美感上逕直「游目尋月」的想像樂趣。

　　反過來，以閑代閒，那所見門中泛光的月亮變成死板的木頭，不但大煞風景，恐怕連後續想為美化轉成詩句字的衝動都起不了。不過，在提到要防止道德有虧欠的人鬧事或破壞計畫時，所用的「防閑」一詞就不能換字，以免

弄巧成拙反而把閑在此刻所得保留的舊義（也是經過引伸的）搞掉了。

至於看似位居空閒和防閑中間另一用詞「閒雜人等」，要改成「閑雜人等」，那就純屬方便而不關美感，你愛用那一個想必都不會有人反對。

可見閒閑表面字義一理，內裏卻有相當程度的分殊，最好別亂用一通；否則被識者指瑕後，難免要判你學問缺一角！

素仇

　　讀書這件事何以必要？答案大概有一籮筐。只是沒有人會想到這可能跟書有仇，除了北宋的作家文同。

　　文同有首〈夜學〉詩，說道「**文字一床燈一盞，只應前世是深仇**」。他認為連夜間都還在苦讀，一定是前世跟書結了樑子，今世它才會跑來糾纏不休。這可是天大的新聞！

　　人平常手不釋卷，就僅是前世有個叫書的仇敵，那這個仇敵究竟是怎麼結的？先嘟嚷的人是否也要代為解答一下？只可惜文同沒再多說什麼；我們想進一步了解，得用點旁敲側擊的功夫。

　　首先是沒讀懂書。書如果有靈魂，你沒領會它的意思，基於教化心切（書的產出就是要叫人讀），它定然會不斷纏著你，直到你了悟為止。這樣時程跨過了兩代或更多代，不就像是書跑來尋仇了？

　　其次是不珍惜書。天地間多有監看著的無

形的眼睛，一旦被發現你隨便糟蹋書或丟棄書，那最嚴厲的懲罰就是教你看更多書，並且累代不得休息。這當也是一種仇藏在書中的原因。

　　再次是厭煩書。始終跟書保持距離的人，表面上是怕難畏繁，實際上則是虛無過頭，老以為人生沒什麼希望讀書幹嘛！這也可能會被熱心的書靈魂相中，一直黏著你，勸你讀它，讓你以為仇家越代來討情了。

　　這麼說來，今世沒被書盯上的人也不必慶幸，來世還有機會。

心靈大掃除

　　居住環境髒亂累積到一定程度，大家總會來個全面性清掃，好讓它回復舊有整潔的景觀；而時機則不限於年終，平常只要覺得不堪忍受了就可以進行。

　　這種有感且非做不可的事，卻很遺憾的難以轉移到更為寬廣的心靈空間。也就是說，心靈空間的汙穢隨時可能，但很少人知道也願意把它徹底清理一番，以致相互濡染氾濫，直把世界搞得一片烏煙瘴氣！

　　其實，人得自我清除心中的汙穢，這早已有明訓。如佛教要人去除貪嗔痴慢疑等五毒害，儒家勸人避免仁義禮智等良知良能的陷落，基督教警告人消解虛榮、貪吃、嫉妒、色欲、欺騙、貪婪、懶惰等七罪惡，都彰彰在目。只不過鮮少有人能奉行不渝；到處都可見大為違反這些律則的案例，彷彿心裏那百醜魔氛就真的盤據不去了。

　　細察在種種染汙心靈的病癥中，又可以縮

結出名利兩項欲望過盛最為嚴重。人一旦名利欲望過盛了，那即使有再多罪惡、陷落、毒害的道德戒命也都會變成他的耳邊風，因為擺在眼前能榮身和可揮霍等好處已經讓他陶然忘我了。然而，名利欲望向來無法長久享有，背後的覬覦者隨時都在等著將你得到手的劫掠一空。

　　正如唐代白居易所說的「**名為公器無多取，利是身災合少求**」，誰想強行伸展該欲望，那他就得禁受更多失望、悔恨等精神折磨，結局又不免引發一連串爭奪相傷的災難！可見心靈大掃除，確實是一件安頓自我且和諧社會的頭等要事。

卷四　說理散文（二）

重許自由

　　為了自己的生存和發展，而把敵對或不同立場的人踩踏在地。社會有這種風氣，可說很不正常。曾幾何時，大家都忘了我們來到世上是要享受某些可以暢適身心的歡悅的，但如今卻因為權益衝突而不斷地在破壞掠奪別人的此項感覺，頻頻加給對方苦痛而本身也失去了自我管控的自由。

　　這是說當你在算計他人的同時，一顆心也已被他人所牽繫而不再能夠全然自主。所謂「**人類最大的不幸就是有自由**」，作家沙特說的這句話，在相當程度上反映了現實中所見那些只要己身自由而不許別人自由者的可悲，畢竟那樣他終究也無法擁有真正的自由。

　　像這種「我得不到的；別人也休想得到；我已得到的，別人更休想來搶奪」的反道德行為，說穿了只是被自由所奴役，根本不可能領受到它的好處。也因此，哲學家賈塞特才會說「**自由無非是人類急於想擺脫的一個包袱而**

已」，因為那裏頭有著誘人墜落的陷阱，避開它我們才能正常的過活。

此外，如果我們真的想要自由，那麼玩味另一哲學家布貝爾所說的話「**不再相信沒有自由，就是真的自由**」，而將那種渴望無限延後，或許也是一種療癒或自我慰藉的好方法。否則大家都還停留在「短兵相接」階段，縱使你有能耐迫使他人喪失眼前的自由，但自己所得付出不自由的代價可能更多。

於是重許一種無罣礙的自由，也就成了我們所該致思的新課題。

流言

每有重大變故，最常看見謠言滿天飛。散播者除了唯恐天下不亂，彷彿也都練就一身隔絕良心譴責的泥塑體態。

把自己變成泥塑人很容易，但要從新找回溫情卻無比困難，因為謠言已經長腳飛快逸離，而你的人格也在自我貶損中一去不返。

跟謠言相對的是真相。它理當是大家所衷心期待的，卻緣於生產遲速，而遠趕不上謠言的超快繁殖。所謂「謠言有腳，一下子就能跑遍全世界，快得讓真相連鞋子都來不及穿上」，英國前首相卡拉漢的這番感嘆，正隱喻著謠言的再製力驚人！

當然，謠言也可能被澄清而告終止。正如美國喜劇演員羅傑斯說的「謠言傳播比較快，但它不像事實一樣可以待在原地那麼久」。只不過它具有八卦性質和煽動強度，似乎永遠要比真相或事實吸引人。

謠言在當今社會成為一種流言（風行的語

言），固然肇因於網路發達，使得傳播迅速本身成了一大幫兇，但它背後卻另有「民主」這個情結在深為催化。也就是說，當民主制度提供了好像無限寬廣的言論空間後，大家就會不自禁的參與發聲、甚至使壞，以證明「自己特別知道生存」。殊不知恰恰相反，一如哲學家巴柏說過的「**民主的確脆弱，它脆弱的程度比一張紙還薄**」，就在你享受民主所帶來自由的頃刻，你也褻瀆了它的尊嚴！

因此，恐懼流言而回過頭去斥逐謠言，還會是我們省思民主價值一個重要的切入點。

超越物性

　　蘇菲教派流傳一則故事，說印度恆河邊有位老婦人正在救一隻載浮載沈的蠍子，每當她伸出手對方就力螫，她痛得呲牙裂嘴。路過的人看到後大叫：「你怎麼搞的，笨蛋！你要害死自己嗎？」她回答說：「螫人是蠍子的本性，我為什麼要因為那樣就否定了自己想救牠的本性？」

　　顯然這裏有一個人性和物性的對比：動物沒有人性，人才有人性。人本身也是動物，原來也少不了內具某些物性，包括好逸惡勞、貪圖便利和迷戀聲色等；只是人有智慧懂得超越物性而向道德層面昇華，這樣他就可以脫離動物圈而毋須忍受上面那些不光彩習性的反噬！

　　那種反噬，會讓人像自由落體般從高處摔下失去控制，一路驚惶到底！也就是說，僅存在該物性，不但無緣高貴享受榮耀，而且還會被別人歧視咒罵到無處容身。反過來，往人性

專屬的道德層面進益了，就能被認定是道地的人，從此誰也不可以隨便叫你為豬或狗、甚至加碼說你禽獸不如！

上述故事中那位老婦人所自詡救蠍子的本性，嚴格的說也是學習來的：道德有救人（物）一項要求，學會它就圓滿或擁有做為一個人的高貴價值。也因此，超越物性還隱藏了一項命題：不妨繼續勤學更為超越到能博愛的神性，那人間大概就完全不會再有爭鬥和戰亂了。

另一種不自由

只要是活物，無不想要無拘無束且能任意行動。這一對自由的需求，在人來說尤為迫切，只是常事與願罷了。

通觀人不自由，大多是境遇式的，包括法律會限制己身的言行、權威會阻斷自我的意志和周遭強力會危及本命的生存等，幾乎沒有人能夠從這種塵網中脫困。

由外在因素所導致的自由匱缺，顯示個別人的渺小和短能，這嚴格的說是很無可奈何的！事實上，人還有一種緣於內在因素的不自由，那同樣會叫人洩氣，卻很少受到重視。

好比為了自定的正義，不斷地去舉報別人違規、作弊和貪小便宜等，結果是對方未必有事但自己卻因懷恨大壞心情，這時本身的不自在恐怕更甚於想像中的別人！

又好比僅憑一廂情願，不分青紅皂白的攬事、貼近他人和應許地方等，後效是多了不少無謂或虛有的福份而自己也因反遭別人怨懟

難以安處！

　　哲學家畢達哥拉斯說：「一個不能掌握自己的人，就不是自由的人。」像上述這類自定正義或一廂情願的人，基本上都是智力不足以自我調適或涵養無從升級，才會惹來偌多後遺症。他們在算計或強迫別人時，表面上看似風光，實際上卻是多有苦楚鬱積，身心相當疲憊。人一半的不自由，可以說就來自這裏。

格調加分

　　格調，是人格和情調的簡稱。人格有別於
獸格或物格，凡是能維持不墜入動物無道德境
地的，都可以享有人格者的美稱；再加上具備
風趣和不爭強好鬥等涵養，他就情調十足，而
稱得上是有格調的人。

　　這樣人格就是基本條件，情調則為充分條
件，二者合為一個評斷標準，足以用來判定圈
內人或圈外人。有格調的人進入圈內後，如果
還有機會跟同樣有格調的人再作點區別，那他
就是完成了更高尚的事而給格調加分的結果。

　　史上有兩個例子：一個是法國小說家沙特
，他倡導存在主義，也寫相關的作品，算是有
格調的人；但當一九六四年諾貝爾文學獎頒給
他時，他卻拒絕了。他的理由是：作為一個作
家，一旦接受了這種榮譽，會把個人獻身的使
命和獲贈的頭銜混淆不清。相對其他唯恐贈獎
不夠多的作家來說，沙特這一不容許自己受制
於一個榮銜，顯然格調高出了許多。

　　另一個是俄羅斯數學家佩雷爾曼，因為解決了千禧年大獎難題「龐加萊猜想」而獲得有數學界諾貝獎美譽的費爾茲獎；可是他卻辭退了，並且婉拒一百萬美元的獎金。他並沒有說明理由，但可以猜想他應該也是以能解決百年難題為職志所在，至於該獎項本就不是他有意爭取的，撇開它才能全然享有解決問題的樂趣（以免被獎項沖昏頭而稀釋了該樂趣）。這「不言而喻」的境界更高，外人不給他的格調加更多分也難！

心橋

「春有百花秋有月，夏有涼風冬有雪。若無閒事掛心頭，便是人間好時節」，這是宋代慧開禪師所作的偈語。它暗示了生命應該要有一種沒牽掛的純淨狀態，才能自由活潑的存在著。

想望是很美好，奈何現實社會卻不准許人如此悠哉游哉的過活。正面一點的，如作家諾伐利斯說的「成為人類是一種藝術」，大家還有些許陶醉的本錢；負面一點的，如經濟學家霍布斯說的「人生其實是貧窮、險惡、殘酷和短暫」，我們早已陷入無止盡的相互欺壓剝削中；最糟糕的是，如《博爾赫斯與薩瓦托對話》一書對老天的責怪「這個傢伙只會睡覺、做噩夢、發瘋、帶來瘟疫和災難」，原來世界在暗中成了老天的掌上玩物，任誰都難以逃脫被祂宰制的命運。

有這樣一心念著要成為一種藝術或自我有意無意墜入爭鬥的痛苦深淵或得忍受來自

老天染指播弄的無奈困境，誰還能夠沒牽掛的安立於天地間，並且宣稱這是人間好時節？

　　既然這已是事實，逃避只會顯得徒然而不智，何不敞開胸懷把心橋建立起來，讓它通向四面八方，去結交友善他人，將所有妨礙彼此存在的不利因素予以排除，然後我們就能靜待一種生命不受暴虐威脅的另類自由。畢竟這裏面有著小說家雨果說的一項真理「**世界上最寬廣的是海洋，比海洋廣闊的是天空，比天空更廣闊的是人的胸懷**」，好好信守人生就無處不花好月圓（說不定還能因此感動老天少降下些災難呢）！

朋友一解

　　朋友，從倫常結構來看，不像其他有隸屬
（如父子）或可互補（如夫妻）關係的人那樣
可親，但也不完全疏離為一徹底的陌生人，總
是若即若離於親疏中。

　　縱然如此，朋友的可親性最多也只到能跟
自己形似階段。正如亞里斯多德所說的「**朋友
是兩個身體中有著同一個靈魂**」，這可不包括
神似在內，因為後者這種親連有血緣關係的人
也做不到。

　　至於可疏姓，則是一旦拆夥了，朋友立刻
如同路人，甚至還有可能被嫌棄而成了對方心
中的芥蒂。所謂「**那種會因小事故而翻臉成仇
的人是不值得做朋友的**」，小說家赫胥黎說這
話恰好證明了朋友的可疏性帶有被可刻意斷
離的印記。

　　這樣朋友還能怎麼看待？有的，那就是結
交在切磋學問或輔助事業上。這毋須常處於得
噓寒問暖的親暱中，也不必當成無關緊要的絕

疏過客，卻可以有作為裨益自我成長的攻錯或
促進者，朋友交往的迫切性理應由這一點來保
證。

　　非洲有句諺語：「如果你想走得快，就一個
人走；如果你想走得遠，就要結伴同行。」這
一結伴以便走遠的說詞，不就在隱喻朋友得有
攻錯學問或促進事業的功能為最上乘；此外凡
是靠吃喝玩樂呼朋引伴或結成黨派專營旁門
左道，都會讓相關的意義走樣失真，枉費天地
多造朋友一倫。

幽默比一比

　　幽默是 humor 的音譯，原指人的體液，後轉為審美概念（找好笑的事物來紓解情緒），流行開來則出現變義且多有混合現象。該混合，比較嚴重的是它跟諷刺或滑稽的分界線不見了。

　　本來透過自我解嘲以維持良好人際關係，應是幽默在變義後特別被需求而適時存在的一大理由。好比美國前總統雷根有一次遇刺，子彈傷及左胸，第一夫人南茜趕來醫院看他，他開口就說：「親愛的，我忘了蹲下來。」又畫家畢卡索成名後，朋友來拜訪，看到別墅內掛的都是別人的畫，懷疑他不喜歡自己的畫，畢卡索則回答：「不！我太喜歡自己的畫了。不過，太貴了，我買不起呀！」這類自我解嘲，無非都是為了解除自己意外陷入尷尬處境，而亟想從新贏得他人的更加親昵，可說是幽默的典型表現。

　　相對的，諷刺或滑稽就只一逕的在嘲弄他

人（滑稽也叫詼諧，屬輕度諷刺），目的則是要消遣抑制對方或中止彼此的倫理關係。如前美國駐伊拉克行政長官布萊墨在英國下議院演講，有人朝他連丟兩次鞋子都沒打中，他隨即面向對方說了句：「**如果你想這樣做，那麼先前就應該多練習瞄準。**」這是不給人留餘地的直接諷刺，殺傷力大，遠不如幽默還挾帶著幾分和煦新雅的美感。

　　經過這一比較，想必大家借為從事道德輔助策略的擬定，當不會再失去準度。

道德習題

　　人所能經驗的對象，不外有知識、道德和美感等。當中知識和美感，由於大家都知道怎麼累積和提升，相對上比較容易定位；只有道德始終不好安立，稍一疏忽就會陷入進退失據的難堪局面。

　　好比有個澳洲女孩，在傍晚時看見沙灘上布滿海星，擔心隔天早上牠們會被陽光炙烤中暑，就一一抓起而往海裏拋去。這很受一些熱中世道者的喜愛，將她引來鼓勵大家仿效當個照亮社會的發光體。殊不知海星爬上沙灘只是為了透氣，等漲潮牠們就會返回海底，根本不必為牠們的生死憂慮；況且隨意抓起海星向海裏猛擲，不但剝奪牠們漫步遊逛的樂趣，還可能嚴重摔傷牠們。

　　類似這種行善不計是否會有後遺症的情況，事實上也不乏案例。像以前拳王阿里贊助非洲的鑽井工程，引來游牧民定居，使得中非被來自北邊的熱風吹得寸草不生，反造成更大

規模的生態破壞；而流行歌手史汀極力為亞馬遜河流域的原住民奔走呼籲，終於促成巴西政府允諾給一片保留地，結果是原住民自行跟跨國公司合作開採，不斷發生傷害雨林的慘劇。

　　上述那些欠佳的例子，都是緣於當事人「無求有應」過度片面熱心所促成的。任何想在行善領域安立自己德業的人，當藉此機會好好甄辨底下的道德習題，以免吃力不討好：有求有應，德行加分；有求無應，太過絕情；無求有應，亂序可厭；無求無應，天下太平。

偽善

　　對人假裝好意或對事假裝認真，我們說那是偽善。而偽善依倫理學的說法，那是屬於道德嚴重出缺一派。

　　人所以會偽善而造成品格被產，主要是他既沒本事又想在公共事務或人際互動上取得支配優勢。這樣即使目的達到了，他也不過是個等待遭人唾棄的對象，終究無法博得什應樣的榮耀。

　　好比西漢大臣王莽假裝謙恭下士，只是想自己登基當皇帝；南朝梁武帝假裝廣造佛業，也只是要掩飾早年的荒淫生活。結果一被漢光武帝革掉小命一被叛將侯景軟禁而餓死臺城，下場都很不堪！

　　哲學家拉羅什富科說「**偽善是邪惡送給美德的最大貢品**」，而這貢品很明顯包藏禍心，收受者可得付出更多金錢損失的代價。

　　事實上，偽善比邪惡還要糟透。因為邪惡赤裸而偽善只會巧飾，大家被蒙騙後還要中圈

套替對方宣揚。

　　所謂「邪惡及罪行，只會讓我們對罪惡問題感到徬徨無解；而偽善由於已造成善惡不分，它是爛到了骨頭裏的邪惡」，這另一哲學家鄂蘭的觀感，恰好道出了偽善沒有絲毫可以容許它存在的理由。換句話說，我們不可能以偽善對付偽善（卻無妨先以邪惡手段抗衡邪惡而後轉正），否則這個世界將會荒唐兼恐怖得難以想像！

　　詩人米爾頓說「偽善在走路時，乃是沒人看得見的惡魔」，這豈不是在預告上述那隱藏的險境隨時會陡地冒出麼！小心為上。

防疫以外

　　一場無預警的新冠肺炎迅速擴散，舉世人心惶惶，經濟也大受衝擊；全球但見或封城或鎖國，公衛防疫力齊發，就為了阻止疫情的蔓延。

　　此刻駭怕染病已是大家共同的精神狀況，而不想倏地死掉又是大家最大的心理糾結，這都情有可原。只不過當那異常感覺一再自我深化後，所採取的相關對策難免會走味變調，而導致某些不堪情境的發生。

　　首先是眾人僅一逕的瘋搶防疫物資，而不曉得透過其他途徑（如多運動和兼攝取有益食物之類）來強化體能，這已可預見資源會被耗盡而疫情尚未結束的難忍後果。所謂「*無知會產生恐懼*」，而「*恐懼會腐蝕毀掉我們的生活方式*」，哲學家柏拉圖和專欄作家賈德納所先後說過的話，大概就是這類現象的寫照。

　　其次是對染病或隔離檢疫者予以歧視、甚至施加人身攻擊的新風氣已隨著瀰漫開來。這

一因擔心被拖累而怪罪排斥他人的行徑，當不只像索因卡《恐懼氣氛》一書所指出的會「降低一個人的自尊」，根本上那形同是在無端的迫使人性蕩然無存！

再次是就在你把上述這一切都合理化後，那哲學家尼采所預言的「那些跟怪獸對抗的人，要小心自己有天也會變成怪獸，就像盯著深淵看，最後深淵會反過來將你滲透」此類生命無力崇高而反轉卑下的悲劇，勢必會應驗在自己身上。

可見在防疫之外，我們所得明辨慎思的事情還很多。

度量別人有風險

　　人際互動，貴在坦誠相待；一有疑心，很容易造成互動中斷。當中胡亂度量別人，屬於非道德範圍，最有礙互動的進行。

　　這不僅會無謂增加對方的心理負擔（壞了人家的情緒），還會危及己身的處境：輕者自作多情甚至自討沒趣，重者反被奚落有失尊嚴。

　　前者如有人看到一位猶太老人不斷地親吻哭牆，懷疑他精神失常而問起他到底受了什麼心理打擊。不意對方卻回答說：「我能做什麼？是哭牆在親吻我啊！」那這一問不就自作多情了？根本得不到任何回報。又如有人質問一名拉比為何堅持要去哭牆禱告，對方使了使白目答道：「有些人的心是石頭做的，但這堵牆是由長著人心的石頭做的」，顯然問者白費力氣了，合該這般自討沒趣。

　　至於後者雖然少見，但也不難想像它隨時會冒出來針砭人。如海塞因的寓言小說《亞丁黑羅》中有一幕：一個蠟做的家神，站在燒陶

器的火旁邊，陶器燒硬了，家神融化了。家神對火埋怨說：「你看，你對我那麼殘酷！那些陶器你使它們耐久，而我你卻破壞！」火回答說：「你最好埋怨你的本質！至於我，我是火，無論在什麼時候、什麼地方，我總是火！」猜測怪罪別人的人，反被將了一軍，恐怕沒有比這更尊嚴掃地了！

坦蕩君子

在可數的人格型範中，最有代表性的是君子。君子能講義氣、知禮節、懂謙遜和守信用等，相對粗鄙猥瑣兼嗜欲好利的小人來說，不但德行高過太多，而且還可以克盡社會責任而讓政治一片清明。

雖然另有更崇高的仁者和聖人在被大家別為期待著，但那是要先修養成君子而後才能晉昇的完美階段。因為仁者得「推己及人」而聖人得「博施濟眾」，都要等君子成就後方有機會上契；而當一個社會還有儘多小人充斥時，最迫切的就是依靠君子來端正風氣。

大體上，人不能努力守住君子氣節，很快就會退回那一無是處的小人境況。所謂「一顆高貴心靈的最後墮落：渴求名聲」，學者梅爾森說的這話只是一端；另一端是追逐股神巴菲特所指出的「複利這一世上最神奇的東西」。前者要的是權力，後者要的是財富，分別可以用來使人駭怕和自我快慰。

　　身為一個人，活著只知道要讓他人恐懼和貪圖一己享受，顯然是很沒格調的，也難怪大不起來且得「長戚戚」的小人名號會專門給他。相反的，在君子這邊因為曉得什麼該做什麼不該做，所以他就能夠長保「坦蕩蕩」的心態悠遊在這個世界上。從來不僅可以贏得別人的敬重而少被欺凌迫害，並且本身也很輕易減去或了卻多餘的煩惱牽掛，可說是最有能耐抗衡環境險峻和自我提升生活品質的人。

孔方兄

　　我國古代錢幣常仿天地形狀而鑄成圓邊方孔。凡是不便直接數說的人，就改稱它為孔方兄；至於有所警覺該銅臭味會妨礙精神生活的人，則又當它是阿堵物。

　　如今換成紙鈔，孔方兄大為變樣；同時阿堵物一名也因攢積習氣流行而沒人過問了。倒是普遍多了銀行可以寄放生息，另一種「看著存摺數字節節上升而獲得抽象滿足」的新感覺正在發燒，社會呈現一片向錢看齊的畸型風潮。

　　好比上學念書選科系，莫不以將來能賺大錢為最優先考量；而出社會後就業，同儕互比更是離不開收入多寡一項，彷彿除了錢再也沒有其他值得稱道耽念的東西。但反過來想，這樣即使你有錢了，恐怕也仍舊一文不名，因為該錢畢竟是身外物，無緣撐起你一生的成就。

　　小說家費滋傑羅曾戲說過「有錢人和一般人不一樣：他們比較有錢」，這一比較有錢的形

象，不就顯示了那錢只是多餘而又無可高格看待麼！更不情的是，一如《紅樓夢》中〈好了歌〉所指陳的「終朝只恨聚無多，及至多時眼閉了」，連享受機會老天也不一定給你。

相傳石油大亨洛克斐勒晚年病重，有天他坐著輪椅叫人推去某工地視察，他對著正在用餐的一名工人說：「我花了畢生精力追求財富和權力，也如願以償了；但今天我會把我全部財富拿來交換你現在做的事：用自己的雙手吃三明治。」還在一心念著孔方兄而不早點計慮其他更高價事業的人，這無疑是一面特大的鏡子。

擺脫依賴性信仰

　　有個通靈人，無意間走進一座觀音廟，看見觀音塑像手持一串唸珠，納悶的問正在此地駐錫的菩薩：「你都成佛了，為什麼還需要捻數那種東西？」對方回答：「你有所不知，這就叫做『求人不如求己』！」

　　好個求人不如求己。古來懂得這個道理的人恐怕不多；否則也不致四處有教會、寺院和神壇等，在吸引著偌多的王公貴冑和販夫走卒前去尋求協助，期待身受的災厄苦痛能得到化解。後者動輒往外邊求人，自然不會想及在自家求己可能更實在些。

　　求人（神佛），會孳生依賴性信仰（相信對方有能耐救助庇護自己），這說穿了就是本事不夠，無法解決自身所遭遇的難題。反過來本事足夠，始終在忙於自渡自了，那還會有閒工夫跑出去找人問東問西！再說求人一旦倚賴過甚，沒了自主性，最後不被操控成為對方的傀儡終身受困也難！

　　就像歐威爾小說《一九八四》裏那位英雄史密斯，本來活得挺風光的；但換了主政者，下面的爪牙要他說 2+2=5，他迫於無奈只好照講。這一順服權威的做法，跟求人賜給自己生命沒有兩樣，結果就是全然失去憑己意行動的自由。換個角度看，你求人孔急或無條件聽從他人指揮，等於在給對方製造類似上述那一脅迫心態的機會，到頭來還是你自作自受，這就怨不得別人失心瘋使壞了。

　　也因此，擺脫依賴性信仰而強化自主性，致力於充實本事，就成了想感覺真正活著且無所愧憾的不二法門。

文明病

　　科學發達，加速了文明的進程。看好它的人，認可它「就像生命本身，總是在追求能量」（科普作家瑞德里語）；而看衰它的人，連源頭科學也一起詆斥那「是危險的，我們必須極其小心把它拴上鏈子、戴上口套豢養著」（小說家赫胥黎語）。

　　沒錯，世界越文明，人就越能享受到居住的舒適、飲食的充足、交通的便利和娛樂的多趣等；但它的後遺症諸如緊張、疏離、憂鬱和虛無等心理病症也日益嚴重，連帶影響到各種生理隱疾悄悄地爬上身且糾纏不去。正因為有這一雙面性，所以我們就不能對文明只是樂觀而不哀悼。

　　照理說，「如果你想征服這個世界，就必須使它更有趣」（科學家愛迪生語），而「未來是屬於不滿足的人」（食品大亨伍德魯夫語），但這僅適用在締造文明的規律上，對於文明反讓生命失重和社會失序等弊病就只有促進添加

的作用，一點也沒有能耐緩和救渡。

　　且看有位企業高階主管，由於飛機降落前被迫在機場上空多盤旋二十分鐘而厲聲斥責空服員：「我現在就要降落！」還像個被寵壞的小孩似的大嚷：「現在，馬上，立刻！」還有兩個小女孩站在校車站牌前，各持一本行事曆在磋商彼此退掉一些才藝課，然後說「那麼十六號星期三下午三點十五分到三點四十分，我們就可以一起玩了」。像這種幾近失心瘋和瘋心失等也屬文明病的演出，豈是記者歐諾黑《慢活》一書出來規諫所能濟助的？它恐怕要靠放緩科學發展的腳步才有可能吧！

貪婪心結

天底下不平事多多，舉凡存亡、壽夭、窮達、貧富、賢不肖等看似命定的反差現象，無不經常在大家眼前上演，直叫人納悶氣憤不已！當中貧富的對比一項，因為切身性顯著而特別容易引發反響。

後者是說人只要活著，多少都會感受到貧富殊異所帶給自己的心理衝擊；尤其是不幸落入貧窮一族的，不因此而怨怪老天不公、甚至想鋌而走險轉致富的人，恐怕百不一見！反過來，已經富有的人也未必可以恬然安睡：他們不是妄想更多財富，就是駭怕既有財富被人覬覦奪去，一顆心仍然陷在焦灼掙扎中。

像這種貧者想要轉富而富者想要更富的情況，都是同一個貪婪心結所導致的。而風氣普遍化的結果，早已使得我國古代史家不禁大為慨嘆「天下熙熙皆為利來，天下攘攘皆為利往」，此外似乎再也難以見到什麼更值得耽念的美好事物。不僅如此，在整個追逐利益的過

程中，還應了「每名富人後面都有一個魔鬼；而每名窮人後面則有兩個魔鬼」這一瑞士諺語，大家紛紛被邪念催趕著去爭搶多攬利益（窮人因處境艱難，於爭搶利益上會比富人急切，彷彿背後多了一個魔鬼唆使著）。

這麼一來，有些負面效應就會不斷地從中流露出來，包括人性的變樣和才情的喪失等。所謂「貧窮是最糟的暴力形式」、「富裕比貧窮更有礙天份」，這分別為印度聖雄甘地和德國哲學家尚·保羅所說的話，都隱喻著貪婪（不論是為脫貧還是為增富）不可能有好下場，懷此心結的人當反向另覓出路才是。

行善的止限

　　救濟或幫助他人這一善舉，向來都被視為是最高價的道德行為，而分別有儒家的仁聖說、佛教的慈悲說和基督教的博愛說等在收攝肯定它。

　　當中儒家認為那是維護社會秩序的不二法門；佛教認為那能發揮促成生命解脫的莫大功效；基督教認為那有助於塵世上帝國的深為營造。只不過標榜該善舉是一回事，而實踐該善舉又是另一回事，上述各家的論說終究不能沒有罅隙存在。

　　好比救濟或幫助他人，僅僅在有人需要救濟或幫助以及自己有能力從事的前提下才有效。否則所在社會都和諧了或大家都能自我解脫了或不必有上帝國的懸念了，該一善舉就屬多餘；此外要救濟或幫助他人的人如果能力不足，那豈不是會讓事情變得更為繁亂而沒有效果！顯然上述各家並未對這個環節有所措意。

　　即使是善舉本身，也另有一個「做要做到

什麼程度」或「不做要不做到那種地步」的問題得考量，目的是為了預防後遺症的發生或避免貪婪心理的竄動。西方俗諺有所謂「給人一條魚，他只能過一天；教人釣魚，他可以過一輩子」，這不啻道中了該問題的關要：既沒給受助者升起貪婪心理的機會，又免掉了要無止盡耗費救助力的後遺症。

可見行善是有止限的；該止限就在只維持最低程度的救危濟窮，其餘則得採其他精神性手段而鼓舞對方自我渡化昇華。

道德優先

民主乃建立在法治的基礎上，這是普世公認的，但大家比較不知道的是民主更需要德治。只有依靠多一點的道德自制和發為政治施作，社會才不致變成玩法弄法的場域而壞了人心，也壞了民主所該有的「共臻進境」的治術理想。

遺憾的是，現今政壇在這一點的表現上是越來越倒退了。不但隨時可見政治人物在互揭瘡疤，而且還能自導自演脫軌正義：只准別人認同自己的不正義，而無法諒解別人對自己或他人的不正義。把這些引為法治的前提，我們只能看到民主成了私器，國家淪為空轉內耗，其他的一概無可寄望。

從來大家都高估了民主的價值，以為訂了維持政治運作的法條，國家機器就能往前推動。但很無奈的，人有私心會鑽法律漏洞，同時也無法容忍別人比自己多得權益。於是古希臘哲學家亞里斯多德所擔心的「民主制政體是佔

多數人所把持的政體，容易流於暴民政治」，就很可能不斷地重現，國家終究不會因為民主化而有什麼高華的進展，畢竟大家都還沈溺在爭奪權益的混淆中。

這就會讓我們懷疑民主除了森冷嚴厲的法律而又不免被有心人操弄，是否還有一點情味可以讓人留戀？想來要有那點情味，恐怕只有仰賴大家的道德自持才能辦到，因為約束自己總是優先於咎責別人；不然短多長空的民主體制就真的會一再的應驗，誰也別妄想能夠從中得到好處。

心理失分題

　　人的負面情緒，莫過於仇恨。仇恨是兩造間的敵視嫉怨，約略只存在同類不均等的對峙中，也就是一方強一方弱或一方眾一方寡，而由後者吃虧或受辱所引起的。如果不是這樣，仇恨大概就不致發生。

　　好比你被狗咬或被石頭砸到，不大可能會仇恨對方，因為這時你可以選擇用棍子趕狗或將石頭粉碎；但屬於人和人之間的衝突則無法如此簡單就能了結，所以仇恨會一直存在。

　　現實中有焚燒國旗、給銅像潑漆和毀棄各種相關圖騰或符碼，以及糾眾互軋等行為，都是基於一個仇恨理由。這從實際行動的現象面來看，同情者多半會認為那裏頭的反抗或反擊有理，而不大會去細思這種仇恨究竟得了幾分，背後有沒有不如此支持該行動的更好理由。這麼一來，仇恨不免就會氾濫或廉價化；而以為獲益的人，也不過是看著自己心中的恨點不斷地孳長漫漶罷了。

　　這是說我們倘若把仇恨簡單化，僅僅是一心一意要報復對方，那麼這就會有片面合理化自我行動的嫌疑，以及無從保證自己真能獲利和促進靈性的成長等。因此，升級版的仇恨，就一定是要複雜化的。這種複雜化，不是指仇恨本身的擴衍（那樣只是在重複相同的仇恨行為），而是指在多方的比較利弊得失後才決定要不要仇恨。這時仇恨這一絕對性的心理失分題就有可能反轉，從此大家會樂在「消解它划算」的快慰得分中。

愛要甄辨

世上最高的道德律令，大家常舉西方一神教所拈出的博愛為準則，以為它廣博愛人，已經無以復加。

實際上，除了博愛，東方中國傳統所烙印的仁行（推己及人）和印度佛教所發微的慈悲（助人解脫）等，也同樣都到了行為規範的頂層。

這樣各文化系統都有一個關懷厚待別人的愛字可被信守（即使稱名互有差異），亟須營造美好道德化生活的任一社會，都可援為依據。只不過這裏頭仍有一些癥結尚待突破，不是隨便拿它作幌子，就可以通行無礙。

最關鍵在於以愛面世，還有固態、液態和氣態等三種實踐信念會介入調節，而使得愛的崇高性不得不有所鬆動。當中固態的愛是指執著到底的愛，液態的愛是指彈性應變的愛，氣態的愛是指只存於心的愛，彼此展現的形態大不相同。

　　如果把固態、液態、氣態和博愛、仁行、慈悲相乘，那麼將會得出九種愛的類型可供選擇。這麼一來，常人所以為「愛就是那個樣子」，不啻都懷上了愛的刻版印象，其實根本還沒搞清楚那是那一種愛。也因此，行愛想要行得真切實在，不先前來甄辨一番，可能就要付出被人譏誚盲動或亂性無謂的代價。

癮

　　癮是習慣性嗜好的代稱，跟癖義近且常被互用。這本有一定的心理量能，而可以讓人討論不輟（在精神分析學中佔有相當的份量），只是有關它的質性和類型等，向來都沒被認識清楚，這樣就含混論列，總是有失準度而難可成為好借鏡的對象。

　　現在要從新加以思辨的地方，在於癮的質性可劃成一道光譜：一端是負向的；一端是正向的；中間為非正負向的。負向的，如煙癮、酒癮、賭癮等；正向的，如藝術創作癮、哲學研究癮、歷史考證癮等，非正負向的，如賺錢癮、遊戲癮、旅遊癮等。它們也都可以依便再分出好壞或損益或高卑等價值類型。

　　這毋須多舉例說明，只要點出兩項比較特別的訊息：第一，負向的癮固然是壞的或有損無益的或屬卑得戒絕的，但關於究竟是什麼原因造成它的存在，不試著給予釜底抽薪式的解決，它依然要負隅頑抗且可能氾濫成災！第二

，正向的癮也縱然是好的或有益無損的或屬高得提倡的，但關於裏面常發生的自我狂傲或瞧不起俗人一類麻渣情事到底要怎樣化解，如果拿它沒輒，那麼豈不是得讓它繼續紛亂這個世界！

對於前者，大概只有從改造當事人缺乏成就的命運入手，才有可能反轉情勢；而後者，則得靠當事人自主覺悟，修練到做好事不留名、逞才氣不驕人和成就沒有止境等地步，才能得著改善。

卷五　說理散文（三）

向詩人致敬

　　詩人是現實中的異數，他能創新語言美化世界和給讀者陶冶心靈，幾乎沒有一類人可以跟他們比創意功能。

　　像「你的瞳孔溢出一顆哀怨」、「我的車子甲殼般地移動著」和「他是會走路的雕像」等，這些都能結合兩個異質的東西而造出另一個新的東西（隱喻義），足夠讓人玩味不盡，也足夠給有審美感興的人生起「我也能一試創作」的豪情。

　　後者已經進趨到詩人的創思階段，而詩人被認為是詩的裁奪者。正如作家狄爾泰所不諱言的「只有一個詩人的心靈，才能夠了解詩」。來由是「詩人能夠在單獨存在的現實外加上想像力的大陸，而使世界偉大」，另一個作家奧特嘉所無意中補充的這句話把偉大連結上了詩人的創新本事，而它只有詩人最清楚。

　　由於詩人有粉飾乾坤（美化世界）和筆補造化（陶冶讀者心靈）此一天大長處，所以他

們理當也要得到大家特別的禮敬。見證者可以
詩人佛洛斯特作代表：有一次他受邀到美國維
吉尼亞大學當駐校作家，學校不要他開課，也
不用他寫首詩讚美學校，只要他偶爾現身校園
散步，讓學生仰望他的風采就好。

　　詩人能被尊崇，由此可見一斑。而事實上
，他們也應該獲得類似的尊崇。因此，學寫詩
努力晉昇為詩人是多麼的重要而有意義。

艱難美

　　面對類似達利夢幻般的超現實繪畫，或古根漢博物館扭曲變形的解構建築，或凱吉無聲〈四分三十三秒〉的後現代鋼琴演奏，我們不被震撼得六神無主也難！顯然裏頭有著不尋常也不易理解的美。

　　那種美，被美學家稱作艱難美。相對一接觸就逮著的容易美來說，艱難美在營造過程需要更多技藝，整體上境界也高出許多。只是很遺憾的，能夠認真揣摩領會具該特徵作品的人少之又少：通常才遇見，不是嗤之以鼻，就是掉頭離去，大為辜負創作者一番苦心。

　　其實，容易美那讓人不花力氣就能感受本身，已經短少可尋繹玩味的空間，樂趣自然難以飽滿化。試想誰會為一幅輪廓鮮明的山水畫或人物畫駐足凝睇？還有誰會為一棟造型普通的鋼筋水泥樓房悚然一驚？這樣還在強調容易美多多益善的人，很明顯是欠缺價值抉擇能力。

　　大致上，美感所合適發用的對象遍布，也一直被期許所有人造物都往奇異方向發展，整個文化才得以聚匯增益（不然就會中止前進而恐陷於一片沈寂）。好比詩人新造的意象、哲學家創設的概念和科學家研發的定律等，都帶有一定的崇高性，足以被大家賞鑑不輟；而它們所成就那一必須費盡心思才能了悟領受的艱難美，也無異給人類的文化添加了不少色彩。

　　這時倘若還有人要求一切淺白化，那他就得慎防趨勢專家法朗士所隱喻的現代資訊流弊：「我就像小溪般的清澈且一目瞭然，而清澈則是缺乏深度所致。」沒有深度可以給人探索讚賞，正是淺白的命運。

蒙太奇人生

　　現代電影有蒙太奇一法，據說是受到中文會意字的啟發而採行的。會意字如併人言為信或合日月為明取意，蒙太奇也以剪接兩個鏡頭於同一畫面討巧，終於化解一個鏡頭無法同時兩處取景的困境。

　　早期蒙太奇還在較生硬階段是這樣（如並置兩人通電話狀況）；後期技巧成熟了，就改以鏡頭快速變換來取代。由於鏡頭轉瞬間就移位（如才出現一人撥電話，立即換成另一人接電話），常看得人頭暈目眩；但也因此激起觀眾領悟到，在同時異地發生的事物是多麼紛雜。

　　這種紛雜，總有差異性可被發掘。也就是事物多半以不同面貌存在著，大家留意探查，多少有助於平常的自我安頓。正如小說家紀德所說的「沒有長久離開海岸，無法發現新大陸」，其實新大陸並不新，只因人離開海岸久了，感覺有差異才這般看待。相似的，一旦察覺有丁點不同的東西，都可以像發現新大陸那樣寶

愛著，從而調整人生迎向或再啟程的角度。

　　不過，有關這類差異的發掘常存在不同時空中，必須透過遙想或揣摩才能接上，一如蒙太奇運作所給人的啟示。錯失了，就會回到原點。像有位男子別人問他為何每次如廁總是喜孜孜的，他回答說：「這時候，我覺得偉人都跟我做著同樣的事！」這儘想著偉人和自己沒有差別（而不思振作圖強），難怪他永遠成不了偉人。

才和情

　　現實中人經常為了一點權益衝突而怒目相視、甚至大動干戈，所引發仇恨情緒和暴戾氣氛的指數始終居高不下。這是在撕毀人際關係，也是在降低自我格調，只會徒讓人間社會叢林化而向純生物一邊墮落。

　　從另一個角度看，權益衝突的關鍵，在於大家都想多攬權力和利益。原先權力是泛指對人事物的支配或影響行動，而利益也廣及所有可帶給人好處的東西，但當這一切都被窄縮到那為數稀少的政治權力和經濟利益後，相關的紛爭和怨恚就無可避免了。

　　話說回來，爭到權力和利益又如何？除了驅使人日漸腐化和益加貪婪外，恐怕再也看不出那對社會有什麼貢獻。導致大家還得思考怎樣才不會讓這種墮落持續下去，一逕的在幻滅我們對理想社會的美好想像。

　　想要望見理想社會的來臨，大概只有投注才和情方有可能。當中才顯現在學問和技藝的

無止盡涵養修習，而情則蘊蓄自同理心對他人的體諒關懷。少了這兩樣，都無從期待社會轉為淳善高華。所謂「才之一字，所以粉飾乾坤；情之一字，所以維持世界」，這一清代張潮《幽夢影》中的名言，恰好道出了才和情的極大化功能。

倘若大家都知道也肯花心力在練才和培情上，那麼上述的權益衝突定然會減到最低，而人世間所充斥的暴戾氣氛和仇恨情緒也會自動消弭於無形。

美感擴延後

哲學家德謨克利特曾有過這樣的感悟：「從蜘蛛那兒我們學會織布；從燕子那兒我們學會造房子；從天鵝和黃鶯那兒我們學會唱歌。」依此類推，從盛開花卉和滿天星斗那兒我們學會審美。尤其是那滿天星斗，不教人衷心驚嘆和敬畏也難！

這種審美情感（簡稱美感）一旦深著在心，隨時都可能被外物喚起而不斷地擴延。好比詩人維傑和劇作家婁瑟所分別說的「我聽見／一株鮮活的榛果樹綠了」和「車廂有空調／心情很崇高」等，這連樹變綠也能聽見和遇到空調就崇高起來，豈不是有了美感後的連類推衍作用？

然而，這一不啻是在加大美感範圍的慣習，卻會因為各人取徑不同而又產生另一種異化現象，也就是有人刻意要解構美而讓醜物一再的曝光（像拿便器充當噴泉或展出爬滿生蛆的牛頭之類）！此一企圖以醜代美而實際上是在

扼殺美的作為，跟當年納粹德國宣傳部長戈培爾聽到有人講「文化」就想拔槍一樣無厘頭，旁觀者並未能從這裏得到什麼有用的啟發。

那些總歸為強以醜為美的前衛表現，已經退流行了；藝術家們也知道傳統的優雅、崇高和悲壯等美感類型沒那麼容易被取代，早早就偃旗息鼓別為他尋創異的美夢了。只不過一般人終究還是會困惑：今後又將要往那裏再行擴延美感？關鍵可能在「有益人生或世界的淳化」一點上。逾越了這個分際，所再行擴延的美感就會變得無足輕重。

堅持生命的品質

　　人每天吃喝拉撒睡，心思大多好逸惡勞，還迷戀爭權奪利，嚴格說來這樣的生命是沒什麼品質的。

　　有品質的生命，會像一朵花的綻放，可以為大地粧點美姿，能夠引來萬物的喝采，以及帶給人精神上的感動。

　　正如詩人布萊克所說的：「一粒沙見世界。」。這沙的比喻，顯示了它有可放射光芒的特性，縱使是靜默無聲，卻深蘊著可被窺探宇宙奧妙的潛能。一個有品質的生命，不就是要能這般曖曖內含光的挺立於天地間麼！

　　再說生命真有如花的艷麗絕色了（比沙更燦爛），那麼它所需要維持的格調，無非是該炫美容顏的恆常如斯和不被褻瀆。前者（指恆常如斯），因為有使命在身而不能鬆懈絲毫，所謂「生為一朵花，是多麼的重責大任啊」，詩人狄金蓀這句話正道出了當中的理則；後者（指不被褻瀆），因為有尊嚴要顧而無從妥協求榮，所

謂「質本潔來還潔去」，《紅樓夢》所嵌〈葬花吟〉這句話也不啻說中了內裏的機栝。

於是不管從那個角度看，人想要「風光一世」，除了自我堅持類似上述生命的品質，再也沒有其他途徑。而這可以用來支撐該品質於不墜的，在具體做法上，大抵不出飽飫知識、崇高道德和豐富美感等，此外就難以想像了。

偉大和渺小

活得偉大，一直是有勇氣且不甘凡庸者最恆久性的願望；相對的，只想著渺小，那就會喪失鬥志而行屍走肉過日子，人生原可以彩色的卻逕流於黑白。

雖然如此，偉大和渺小的對比，卻也不如想像中的容易：有的表面上偉大其實很渺小，有的表面上渺小其實很偉大，缺乏分辨能力的人難免會在抉擇關頭一籌莫展。

好比真人真事改編的《搶救雷恩大兵》和《決戰時刻》兩部影片：前者那位美軍指揮官決意受託去搶救困在敵營的一位士兵，他的情操固然偉大，但結果是人救到了，卻也犧牲了好幾個弟兄的性命，這又顯得他智慮短淺而渺小；後者（描寫美國獨立戰爭）那位英軍指揮官在清鄉前拒絕一名自薦當嚮導的美國保皇黨人，此事微不足道看似渺小，但從他所講出的「我怎能相信一位出賣鄰居的人」這句話，卻又顯出他的睿智通達而立刻偉大了起來。可

見偉大和渺小還真的不好判斷！

　　不過，有一點約略是可以確定的：人因有一技特長而偉大，如果連這都沒有那就不得不渺小了。正如一則寓言故事所說的：貓在跟太陽、雲、風、牆、老鼠等互動中，分別稱讚他們是最偉大的。不料最末老鼠反而戰兢的對貓說：「你說什麼！你只要在洞口曬太陽，我們一家人就得挨餓，你才是最偉大的。」是啊，貓有別人所缺乏的捕鼠技能，所以就不在渺小者行列了。

掰

掰，原指兩手把物品分開，是一個很形象化的會意字。後來引伸為講話東扯西扯，本義倒少有人再去注意。

說到掰話，古代說書的先生最擅長。有人講武松在客棧對人許諾要去景陽崗打老虎，講了半個月，武松擱在板凳上的一條腿還沒放下來；有人說史進準備去救宋江，一個月過去了，史進人仍然在樓上不見行動。

如今轉成市場拍賣、網路直播和政見發表會等。枱面上的人個個掰功一流，彷彿說書人再世。甚至教師講課離題久一點，也會被學生冠上「這個老師很會掰」此一似褒實貶的名號。可見大家掰來掰去，把一個拆離物品的用字弄不見了。

這種引伸字義的情況，本無可厚非；只是當它逾量到出現反面效應時，就不妙了。這時讚揚嘴功了得的純掰，會一轉變成混淆是非黑白的硬掰或亂掰或瞎掰，看了不叫人氣憤也難

！

　　好比以前法國瑪莉安·東尼皇后不知民間
疾苦的說「**百姓沒麵包吃，就叫他們吃蛋糕**」
和納粹德國宣傳部長戈培爾大言不慚的說「**謊
話講一千遍，就會變成真理**」等，正是這類恬
不知恥的瞎掰者，定然逃不過被人撻伐加鄙薄
的命運。

　　一個好好的中性字，轉變成這般不堪的負
面價值字，確是少見。我們自己究竟要不要隨
人起舞，那就看有多少知見和定力如何了。

活出詩意來

可以這麼說，生命比任何事物都難以描述。當它精力充沛時，不是忙於追求金錢和權力，就是忙於追求愛情和歡愉；而當它死氣沉沉時，則又盡是浸淫在苦悶、哀傷和悔恨中，跟前者立即判分兩橛，直教人捉摸不定那一情況才是它的真面目。

不過，有一種高檔的存在方式卻能夠改變生命的運勢，就是詩人賀德林所說的「**詩意的棲居在大地上**」。詩意是創新事物的代稱：在形式上它以結合異質事物而產生新事物為特長。如「**耳朵借一下**」（要人聽他說話）和「**他講話多汁**」（略嫌對方講話口沫橫飛）等，就分別把沒機會相涉的事物連結在一起（耳朵原是沒得借用的，而講話也是不會出汁的，現在都刻意讓它們變的可能了），既能新穎大家的觀感，又足以為一個凡俗的世界注入不少趣味。

人能以這種創新的知見來面對事事物物，他就可以詩意的活著，從而不再糾結於欲望和

痛苦的永恆循環中。換句話說，生命在沒有轉向詩意的勝境突進前，它只能不斷地陷溺在追求和悔恨等往復不已的泥淖裏，一點也不值得留戀。

反過來，詩思一旦啟動了，人的想像力就會大為飛躍，可以從把不可能的事變可能，到將腐朽的東西化為神奇，再到讓神奇的東西轉成更神奇等一路騰空而去，生命因此滿溢美盛的光彩！所謂「少了詩的透視鏡，我們一定會無法忍受所有的苦痛」，哲學家尼采這句話只說對了一半；另一半是活出詩意來後，苦痛早就自動化解於無形，毋須再提什麼忍受不忍受了。

美感存摺

　　現代人想要過的稱心如意，必須有幾本有形無形的存摺來供應所需。像金錢存摺可以保證你衣食無虞；信用存摺能夠讓你優游於人羣，這些都足以避免身陷愁苦深淵。

　　倘若還想活得有質感一點，那麼增添一本美感存摺最好不過了。這種存摺累積儲數的方式，約略有延伸想像、變換觀看角度和對比取優等。

　　比如有一羣螞蟻在眼前亂竄，很容易引發厭噁心理，但這時能轉念一想：牠們是在找丟失的一塊糖吧；需要給牠們一支大聲公嗎？遇到龐大的食物牠們怎麼把它拖回去呢；偷懶者領隊會罰牠對天吼叫麼……這般延伸想像，定然會趣味橫生而開始喜歡上牠們的騷擾。

　　又比如有一對小姊妹，在逛過玫瑰花園後向她們的母親回報：姊姊嘟著嘴說她不喜歡這裏，因為這裏的每朵花下都有刺；妹妹眉開眼笑的說她好喜歡這裏，因為這裏的每個刺上都

有花。妹妹所以快樂，就是緣於她懂得變換角度去看事物。

又比如東晉宰相謝安，在一次家聚裏，問屋外的初雪像什麼。子姪中有的說像空中撒鹽；有的說像柳絮紛飛。說像柳絮紛飛的人知道從對比中取優（柳絮比鹽雅致），得到了讚美。

美感存摺能像上述這樣，不斷循徑進賬，人生想不充實高雅也不可得了。

美麗的錯誤

　　詩人鄭愁予〈錯誤〉詩中有一句「我達達的馬蹄是美麗的錯誤」，這造語奇特，讀者會以為它只存在詩中，現實裏不可能有這種矛盾事（錯誤屬醜惡並不美麗）。其實不然！仔細觀察，它可多得很。

　　如有位男子問火車站售票員：「請問八點三十分的火車開走了沒有？」售票員回答：「開走了。現在是八點三十一分！」男子失望的回身，邊走邊喃喃自語：「這個國家越來越糟糕了，火車準時開出也不先通知一聲！」火車不誤點表示國家越來越好，怎會越來越糟糕？可見他犯了一個美麗的錯誤。

　　又如有位外國人來臺旅遊，民眾請他吃甘蔗，吃完問他好不好吃，他答道：「很好吃，只是很難嚥！」原來他連甘蔗渣都吞下去，這可又是個美麗的錯誤。

　　又如有位醉漢攬下一輛計程車，上車後告訴司機要到西門町。司機愣了一下，說：「老兄

散到家：徹底化散文演出實錄

，你已經在西門町了！」醉漢往車外望望，然後掏出一百元給司機，並對他說：「不用找了。記得以後別開這麼快，太危險了！」這鐵定是個美麗的錯誤！誤會別人開快車的人，才真的自己心裏在開快車。

　　可見美麗的錯誤這種事隨時在發生，它本無傷大雅，大家也毋須大驚小怪。只不過倘若能培養多點智慧，知道保留美麗而避免錯誤，那不是更有看頭麼！

從喜歡到鑑賞

在審美感性世界裏，有兩種情緒反應很容易遭到混淆：一是喜歡；一是鑑賞。前者渾樸且強烈；後者精緻有節度，卻常被人等量齊觀。

藝術家布雷克說：「**只要有金錢存在的地方，藝術便無法延續。**」金錢只會引發人的喜歡情緒而藝術則在喜歡外還得有鑑賞的眼光。一個停留在喜歡階段的人，是沒有能力鑑賞藝術的；當中金錢特別會迫使藝術鑑賞止步。因為那裏面摻雜太多眷戀或食婪的欲望，根本沒有空間容納美的東西。

換個角度看，在通向鑑賞的道路上，也一定少不了喜歡作為基底；否則那種鑑賞就像拍賣會上手持木槌的人，為了促成每一筆交易，臉上要佯裝很喜歡那件藝術品，其實該情緒流露純然虛假，所以口報的藝術品也不可能經過他的先行鑑賞。

這樣就可以確定：真能鑑賞的人，也是實

際有過喜歡或正在喜歡的人。只不過喜歡所連帶啟動佔有且忌諱別人搶奪的欲望，難免衍發無謂的衝突，平添不少憾事！而這在能晉昇到鑑賞階段後，則可以多出分享和寬容的心量，人間社會因此有了和平。

可見從喜歡跨向鑑賞這條路，光風霽月，充滿希望。

能巧喻就美

教室內有人放屁，大家直覺的閉氣或搗住鼻子，等臭味散了才鬆一口氣。不想這舉動卻造成某種自律神經受損，再久也得不到好調適。理由是：拒納或擯斥自己不喜歡的東西，在心理成長上只會是個負數，永遠不可能讓你反向生出美感來。

那種美感，鮮活溫慰人心，在認知上想要擁有，除了學會怎麼製造趣味，大概沒有第二條路。該一趣味是靠連結兩種不同性質的事物所轉生的，修辭學稱它為巧喻。例如「小提琴用它的音樂煮空氣」、「樹享受著天空巨大的穹窿」和「她丈夫的呼吸把她的睡眠鋸成兩半」等，當中煮空氣、享受天空和鋸睡眠等本都是不可能的事，現在將它們拉在一起而變成了可能，於是逸趣橫生，也教人興味盎然！

巧喻在本質上是一種要讓人高度愉悅的修辭手段，它以「巧為比喻」見長；偶爾也被藉來調侃或挖苦某些怪異人事。後者，像「你

怎麼用眼睛電人」、「他把名字寫入太陽中等待
燃燒」和「颱風又颱來一陣歷史的焦味」等，
這些都寓意深遠，耐人咀嚼。

最後，如果想為前述的聞屁事加點不一樣
的調味料（而不會讓人生厭），那就不妨參看一
位小詩人所創作的〈放屁〉獨句詩：「老師，不
知道誰在唱有味道的歌！」試猜這把我們的美
感位階提高了幾度？

賞畫

　　繪畫這種藝術，有存真寓善蘊美等作用。當中存真和寓善，在畫面上約略就可以察覺；只有蘊美藏得比較深，不一定能被發現。因此，想要純粹欣賞繪畫的人，就得多觀摩學習。

　　這裏有一個賞畫的次第，也許可以派上用場。首先是精準：不論繪畫處理的是具象物還是抽象物，都先考量它是否畫得精準。凡是畫得不精準的，必定難以吸引人的目光，自然也要失去它想「反映人事物」的意義。

　　其次是生動：繪畫很忌諱失控模糊掉面目。所見成品能予以避免而極力顯現所畫的東西生動到似乎要跳出來跟人互耍，這樣不給它的吸引力加分也難。

　　再次是能感格或震撼人心：這是繪畫蘊美的關鍵處，全然表現在它線條色彩整體部署得可以誘發人深長的興致。像范寬的〈谿山行旅圖〉所繪一些聳立並峙的山巒，就很能激起人的崇高感；又像齊白石的〈九雀圖〉所繪九隻

形態各異的雀鳥，讓人看了莫不優雅感油然而生；又像畢卡索的〈格爾尼卡〉所繪納粹轟炸西班牙格爾尼卡小鎮的悽慘場景，幾乎沒有人不為它背後的無情遭遇掉淚而深懷悲壯感。

　　繪畫只要能體現上述這些要素的，大家應當不好吝惜推許它為值得欣賞的好畫。

魅力美

　　美感是一種特殊的情緒反應。它在發露時經常不關心政治道德，也不理會金錢生計，就那樣即刻純粹的存在著。只是它被學術討論後，開始分衍出崇高、優雅、悲壯、滑稽和怪誕等多種類型，使得該情緒也得有量度和質地的不同。

　　以人物為例，有持續性傑出表現的人，會激起他人讚嘆仰望的崇高感受；長得俊俏且從容不迫的人，會帶給他人溫暖恬靜的優雅感受；遭遇極端不幸而全無獲救希望的人，會引發他人憐憫淒厲的悲壯感受；做事不按牌理出牌又常鬧笑話的人，會喚出他人矛盾不解的滑稽感受；老愛奇裝詭服或標新立異的人，會牽動他人莫名其妙的怪誕感受。

　　所謂讚嘆仰望、溫暖恬靜、憐憫淒厲、矛盾不解和莫名其妙等，指的就是美感質地的差別；當中如果還摻雜有大小強弱的級次，那就另有美感量度的分殊了。

世人努力活著，無非想樹立一點名望留在他人心中。這名望一般稱作魅力美。只不過知道它的來由或出處的人太少，往往弄巧成拙了卻還以為有正向效果。倘若要避免白費力氣，以上述的美感類型為依據，無疑的只有第一種崇高感具備了，人所要的魅力美才能水到渠成。

這個反印證，正如一則英國諺語所說的「**豬耳朵做不出絲綢錢包**」，想投機走非崇高路線的人是不可能贏得絲毫魅力美的。

餐桌禮儀幾兩重

　　禮儀，不是物質，無法秤它的重量。想讓它生出重量來，大概只有詩的隱喻辦得到。

　　「看他在狼吞虎嚥／我的胃跟著嘔了半斤的嘀咕」，如此吟詩不就將一個欠缺餐桌禮儀的動作加了八兩重。

　　這是說把兩個不相干的事物兜在一起，既可以顯出新意又能夠帶給人某些警惕。就像夥伴在餐桌上吃相難看，難免會令你心情陰沈，而陰沈就有重量感。這時將它掂個斤兩，不但可以藉機轉移焦點而自我寬釋，還能夠據為分出對象物的嚴重性而留待日後研判它的可容受度。

　　所謂可容受度，是指餐桌禮儀不必然鐵板一塊而鬆動不得；它仍然可以在一些特殊情況下給予彈性對待，讓它更符合人性需求。

　　有個故事說，一位主教在款待一名公爵後，叫使者出來送客並給臨別贈言：「公爵您的優雅沒人比得上，但有個小毛病，就是用餐時嘴

散到家：徹底化散文演出實錄

巴發出太大的聲響，噪音使餐桌上其他人不悅
！」在這種官宴上失態確是會大煞風景，難以
叫人寬容。換作一般朋友聚會場合，以盡興為
要，吃東西儘管大口咀嚼，喝湯隨便唏哩呼嚕
；否則有人故作矜持，在那邊細為斟酌品嚐，
耽誤滾熱氣氛的營造，勢必會被視為怪胎而可
能成了大家的拒絕往來戶。

　　可見人際出現在餐桌上時，究竟要怎麼媒
合拿捏，那就得先估算一下該禮儀有幾兩重：
重的得客氣點；輕的則馬馬虎虎。

電影眼

詩人和小說家為了製造深蘊或驚炫的效果，常有詩眼和小說眼的精心配置。如李商隱〈池邊〉詩「日西千繞池邊樹，憶把枯條撼雪時」中所用撼字、吳承恩《西遊記》小說內所嵌「心生種種魔生，心滅種種魔滅」禪語等，就都帶有刻意置入以引人注目的畫龍點睛般特效。

這種詩眼小說眼的設計風氣由來已久，如今也感染到了現代電影。例如「你的自尊像鯨魚那麼大」、「（貝多芬對學他曲風的安娜說）世界要的是你，不是兩個貝多芬」、「如果你們的文明是教我們卑躬屈膝，那麼我讓你們看見我們野蠻的驕傲」和「拔下一個人的舌頭，非但不能證明他是個騙子，反而讓全世界知道你有多麼駭怕他說出來的話」等，就分別是《浴血任務 2》、《快樂頌》、《賽德克‧巴萊》和《權力的遊戲》等影片中的眼睛。

它們都不無帶警策性，試圖喚起觀眾對僵

化觀念或事物遭受扭曲的警覺。尤其它們全經過凸出式的畫面處理，使得影像和字幕倏地深入觀眾的腦海，以致它的啟蒙價值和可駐留性就遠高於其他不能如此的泛泛或低格影片。

從此地還可以連類推及，在漫長人生中也當有類似可讓他人感念的片段精采表現。不論是構知還是行善或是練藝，都無妨心力盡出而給表顯處加料，有如神來一筆，直教人嘆賞不迭！

短句的美感

講話歪打正著或寫作出人意表，套句流行語叫做「超有哏」。這在審美感興上，會有比較多的類型可說。原因就在它們經常不按牌理出牌，一旦衝撞到我們不同的趣味神經，自然就會有相異的美感享受。

像「廣告會控制你的欲望」、「國王是歷史的奴隸」和「有些人是死後才誕生的」等，這就內隱著矛盾理路而給人十足的滑稽感觸。

又像「壞是好的一部分」、「狗當了權人就得讓牠三分」和「漫畫是醜在美學上的救贖」等，這就併置著異質事物而予人充分的荒誕領受。

想來點崇高品味的，也不乏例子。所謂「轉世是靈魂的升級回收」、「活著是為了說故事」和「做夢是大腦在打掃房間」等，都可以讓人看了精神大為振奮！

此外，如果還不滿足而渴望別為嘗鮮的，那麼去文學作品裏尋找，肯定能夠另外見識到

優雅和悲壯的身影。以詩為例，如「樹會扭曲時間」、「星空非常希臘」、「白髮三千丈」和「星星在你耳朵深處玫瑰色的哭泣」等，就成對的跑出來供你賞鑑的夠。

上述這些都以短句見長，不囉嗦，也不貧嘴，只為了討巧。而這一討巧的美感效果，似乎也僅有採用短句表現才能達致。有興趣預入超有哏行列的人，不妨多多前來仿效。

等詩神

　　詩壇上能致勝一方的人，經常會博得某些特殊聲譽。像李白、杜甫、王維、白居易，就分別號稱詩仙、詩聖、詩佛、詩魔，大家紛紛給他們桂冠頂戴。

　　印證他們的成就，也都有相應的詩句。如李白就說出「桃花流水窅然去，別有天地非人間」恰似仙人語；杜甫就敘及「致君堯舜上，再使風俗淳」儼然聖賢話；王維就吟道「欲知除老病，唯有樂無生」宛若佛家言；白居易就明敘「酒狂又引詩魔發，日午悲吟到日西」彷彿魔怪音。

　　顯然在詩的國度已經有過風華光燦的一頁。那些詩人留遺下來的精采詩作，除了可以讓我們品賞不盡，還能夠激發我們想及是否另有開新進益的空間。好比尚缺詩神一個角色，看誰的相關技藝有辦法晉昇到此最為超眾的境地。

　　這種詩神，不是古希臘柏拉圖所撰《理想

國》一書說的繆斯女神附體吟詩那種虛代情況，而是真才自行創新，足以引領百世風騷不殆。這才是我們生來讀書學藝，如有幸或有機會進入此一特高格詩領域，所得預懸的目標；並且戮力以赴，儘早看到成效。

　　不然一旦錯過或耽誤了，就得再待來生，那可是要挨受因凡庸而有如困處的無數漫漫長夜呀！

耳福和福耳

　　有幸能聽到稀罕的樂音或講道，我們會說
這是耳福。像白居易在〈琵琶行〉中所敘琵琶
女那大珠小珠落玉盤的高妙琴藝和劉鶚在《老
殘遊記》裏所述王小玉說書該迴轉自如的精采
唱腔等，聽者無不深為動容而耳福享盡。

　　同樣的，在不經意中遇見師友，耳聞他們
的高論，而有「與君一席話，勝讀十年書」的
感覺，那也是一種難得的享受，耳福的持久力
有可能勝過前者（不然也會令人低迴不已）。

　　縱然如此，耳福得等待他人的給予，而那
機會顯然是可遇不可求；倒不如自力福耳來得
具高度價值，並且擁有「只要肯努力就隨時可
能」的便利性。這是說在我們本身也能唱出美
妙的歌聲或道盡殊異的高見後，自己就已先感
到一陣愉悅，儼然不待他人賜予也能自我滿足
。這種自力福耳的做法，遠比他力耳福要更顯
高段，因為它不時都會鞭策自己精益求精，以
便能強過外在所有可給人耳福的相關成就。

「你的舌頭只有一個聽眾，那便是你的耳朵」，這是詩人魯米精心細繹的話，不啻扼要點出了福耳這件事的必要性。畢竟一個人儘管可以做作造假誆人，但絕對騙不過自己的耳朵；倘若不想失去自己的耳朵這位最敏感且忠實的聽眾，那麼大家就得認真對待前面所指出的正向做法。而照理也只有想辦法自己先福耳了，然後才可能給別人耳福，人間事要淘美稱勝就盡在這個歷程中。

召喚美感

　　一般人常因生活一成不變而百無聊賴，開心指數幾乎是零。即使偶有歡樂事出現在眼前，也緣於不習慣而反向動起情緒。所謂「**如果我們專心地久久地看著一則好笑的故事，它就會變得越來越悲傷**」，小說家昆德拉說這話，背後當有同樣的現實經驗。

　　想擺脫這一尷尬處境，事實上也不必大費周章，只要懂得當下轉念就行。就像你整天煩透了，換邊一想「**時間的熾熱一直持續到睡眠為止**」（無名氏詩），把那焦躁感移給時間，人不就變輕鬆了？

　　又像隔壁的練琴聲吵得你很想罵人，先忍住而將那場景想像成「**小提琴用它的音樂在煮空氣**」（無名氏詩），畫面因而被美化了，此刻你還會強行探頭出去吼叫嗎？

　　這被心理學家稱為移情作用，似乎比禪學家所提供的無念無相無住一類法門還要管用，畢竟止住念頭總不及轉移念頭來得容易且有

好效果（後者是說止住念頭只不過在壓制情緒，而我們迫切需要的是轉移念頭以養好情緒）。

從上述應該可以得出一條規律：就是改用美感來面對事物，大家才有可能反轉運勢；否則一逕任由直覺存在，那我們就得繼續受事物因紛亂不止所帶給自己的壓迫壓力。

由於美感是在跟事物保持距離中形成的，而它又禁不起人的輕忽以對（稍縱即逝），所以得不時的召喚並設法讓它永駐，人生轉優化才可望成功。

卷六　說理散文（四）

正視剩餘情節

　　一般所說的故事，在廣義上也包括自己所經歷的一切。它有尚未說出或還沒完成的剩餘情節，重要性並不亞於形現的部分，只是很少受到重視，相當可惜。

　　這種剩餘情節是故事理當涵蓋的，有別於言外之意。後者是在故事內同時發生的，如有家美食館貼出一張告示，上面寫著結束營業的原因「老闆累了」，這言外之意就是「錢賺夠了」，只不過不便一併說出而已。

　　至於前者，則是延續到故事外，容許大家猜測它會怎麼發生。如古希臘時代有一首短詩「螃蟹夾住蛇／對蛇說／朋友，你應該伸直／不要橫行」，這沒有說出的是蛇的反應。我們可以想像：接下來被脅迫的一方可能妥協而敷衍演一齣直行的滑稽戲，也可能抗拒而跟對方慘烈纏鬥到底。

　　由於剩餘情節警意特濃（像上述詩中表面上耍狠的螃蟹佔了上風，實際上牠可能得付出

玉石俱焚的代價，並討不到什麼好處），所以回返我們自身也當留意在累積經驗或故事的過程裏，那隨時會冒出來的或許不太美妙的後續效應。

好比科學家波恩所說的「即使是做得到的事也可能是無意義的」，不把剩餘情節（後果）算進去的人，當心最後會像這樣白忙一場！

完美的口吃

　　有口吃的人，總覺得難以見眾，不太願意張嘴說話。其實，那既然已經定型了（也矯正不了），就讓它自然存在著，並且把花費於懊喪的時間挪用來找出路，會比較實在。

　　有位牧師正在講道，他才說到「上帝造物都是完美的」，就有個男子舉手發問：「我…這…樣也是…完美…的嗎？」牧師看著他，正色的說：「你是最完美的口吃！」沒錯，沒有口吃是有缺陷的；既然沒有缺陷，那不就完美無瑕了嗎？只要當事人明鑑在心，它便不會構成障礙。

　　史上有個例子，漢高祖劉邦想換太子，老臣全都反對。一個叫周昌的，大概急瘋了，直接跑去寢宮勸諫。劉邦把他按在胯下當馬騎，還開了一些玩笑。但周昌仍不死心，逕對該事表示：「臣期期以為不可！」期期二字是史家在摹寫他口吃的樣子。因為說得慎重又結巴，惹得劉邦心疼不已，最後決定不換太子了。周昌

用他的口吃，避免掉一場可能的政治動亂，誰敢說口吃會礙事？

　　再說知道利用口吃的優勢，還可以開創一番事業呢！不就有個嚴重口吃的男士，成了銷售達人。他還開班傳授挨家挨戶推銷書的秘訣「我…是賣…《聖經》的…這裏…面有…精采…的故…事。你…自己…買一本…看…還是…繼續…聽我…講！」來應門的人幾乎都買一本自己看，讓他的業績衝上天。

詩春

有人說，春天是最美的季節；也有人說春天是最令人傷感的季節。聽了這些話，我們會不自覺的暗起共鳴。說到春天美，春天的影子就出現在腦裏；說到春天令人感傷，又心懷黯然，不知怎樣排遣！

只有詩人，他不說美，卻把春天的美涵蘊在他的詩句中；他不道感慨，卻把愁怨思懷寄託於他的詩意裏。

且看詩人筆下的春天，他們無意渲染春天的綺美，但每首詩歷歷的呈現出春天的面貌。如楊巨源的〈城東早春〉詩：「詩家清景在新春，綠柳纔黃半未勻。若待上林花似錦，出門俱是看花人。」我們唯恐是那些競相奔走的看花人，而不能像詩人一樣在綠柳剛吐嫩黃的細芽時，就先跨上山岡水湄，去賞花吟春。

王駕的〈雨晴〉詩：「雨前初見花間蕊，雨後全無葉底花。蜂蝶紛紛過牆去，卻疑春色在鄰家。」詩人的胸臆藏著一顆純稚的童心，任

誰也不忍去騷擾他那浪漫的情思。春天固然美，他的情懷更美。

當我們正陶醉在眼前春景中，卻有一位慵懶的詩人，遠遠的走過來，睡眼惺忪的低吟著：「春眠不覺曉，處處聞啼鳥。夜來風雨聲，花落知多少？」那就是孟浩然。春天是他的眠狀，綠蔭花影是他的帳被，還有啼鳥在為他歌唱，他大可不必醒來；然而風雨擾亂了他的清夢，落花飄墜的聲音使詩人不得不喟嘆！我們看到詩人悵惘的表情，宛如意會到春天又將無聲無息的走了。

朱淑真也是個敏感的詩人。她的〈惜春〉詩：「連理枝頭花正開，妒花風雨便相催。願教青帝常為主，莫遣紛紛點翠苔。」她的惶恐更勝於孟浩然吧！

春天的勝景是那麼短暫，詩人歌頌還未盡興，它又匆匆的邁向天涯海角而去。韓愈的〈晚春〉詩：「草樹知春不久歸，百般紅紫鬥芳菲。楊花榆莢無才思，惟解漫天作雪飛。」春天歸向何處，詩人向來不過問。如曹豳的〈春暮

〉詩：「門外無人問落花，綠陰冉冉遍天涯。林鶯啼到無聲處，青草池塘獨聽蛙。」送走春天，林鶯也啼盡了。但詩人永遠不寂寞，池塘裏的蛙鳴已在召喚他了。

這時候，唯有離鄉背井的詩人，特別想留住春天。崔塗的〈春夕旅懷〉詩：「水流花謝兩無情，送盡東風過楚城。蝴蝶夢中家萬里，杜鵑枝上月三更。故園書動經年絕，華髮春催兩鬢生。自是不歸歸便得，五湖煙景有誰爭。」這類傷逝的心情，恐怕沒有人比他更深沈呵！

當然，除這些外，也有詩人不喜歡歌頌春天。他們身在春天中，心卻在春天外。李白的〈春思〉詩：「燕草如碧絲，秦桑低綠枝。當君懷歸日，是妾斷腸時。春風不相識，何事入羅幃。」對於那不解人意而擅自闖人羅幃的春風，閨人只有訝然相對。因為她已思念而斷腸，無從詢問遊子的音訊。

金昌緒的〈春怨〉詩：「打起黃鶯兒，莫教枝上啼。啼時驚妾夢，不得到遼西。」在大好的春天裏這是個多麼令人心折的故事呵！只

是我們不會太喜歡它。畢竟沒有人願意在風和日暖的日子裏，去擔一份感傷。

最令人鬱結的莫如杜甫的〈春望〉詩：「國破山河在，城春草木深。感時花濺淚，恨別鳥驚心。烽火連三月，家書抵萬金。白頭搔更短，渾欲不勝簪。」如有人去告訴一個賞花者這首詩，恐怕他會掉頭而走，連句話也懶得留下。春天這麼可愛，誰要無緣無故的淚濕沾襟？杜甫無意給我們添增愁緒，卻讓我們隨他飲泣千載！

或許，我們得該跟朱熹共吟「萬紫千紅總是春」，留住春天同住。希望我們的心胸也有一道清流、一片花海、一片綠茵碧樹和澄藍的天空。那麼我們的人生不就是像朱熹所描繪的「半畝方塘一鑑開，天光雲影共徘徊。問渠那得清如許，惟有源頭活水來」這種情形麼！春天再美，或者怎樣使人傷懷，只不過是短暫的現象。如能永遠像春天一樣充滿活力，去開拓新的人生境界，即使活著只有數十寒暑，也會活得跟春天一樣的燦爛！

只用了一點讚美

　　世上有許多人，經常以最美的言辭去禮讚神，甚至不厭其煩的唱著聖歌去取悅神。姑且不談那不可知的神是否需要人讚美，我卻曉得人間更迫切需要讚美來滋潤。何不讓那些最美的言辭留給我們自己，來譜成一首最動聽的樂歌？

　　早期我寫完稿後，大都以掛號寄出，每次去郵局，遇到承辦的小姐都是同一人，起初她很喜歡挑剔，非要我拆開袋子證明裏面裝的是稿子，才肯罷休；有時還露出冷冰冰的臉孔，令人不寒而慄。一次，在等候取回收據，無意中一句話脫口而出：「小姐你辦事好熟練噢！」不料，她竟抬起頭對我嫣然一笑，沒等我催她，很快就蓋好章，遞給我執據。往後我再去郵局，儘管她有多忙，總是先替我辦理，同時嘴角也多了淺淺的笑意。不久前，我又去寄稿件，她破天荒的問起我來：「你投了那麼多稿子，到底有沒有中呀？」那股親切的語氣，使我昏

了頭，一時卻也不知怎麼回答，只赧然的報以微笑。待跨出門口後，才想到應該告訴她：「**從你手中出去的稿子，那會不被錄用嘛！**」這些話恐怕沒機會向她說了。

　　偶爾經過市場，順便買些菜回家。當中有一擔老陳燒臘，所賣的烤雞相當好吃。別家賣的不是有怪味，就是肉質太軟，只有他的烤雞又香又夠味，令人百吃不厭。每回向他購買時，總有一羣人在那裏指指點點，大概嫌他的東西不夠好吃吧。只見他刀起刀落在砧板上切著雞塊，一邊還跟旁人辯得面紅耳赤。他的口齒不太清晰，說了一大堆話還得遭那些婦人的數落：「**把你的舌頭割掉一些，我們就聽懂你的話了。**」輪到我時，我總不忍心看到他氣得把雞肉當成石頭丟出去，就美言幾句，並且誇讚他的烤雞全市第一（事實如此）。逐漸地，一副苦臉轉變為笑臉。最後不但為我把東西包得十分妥當，還少拿了錢。幾乎每次都是如此，反讓我覺得不好意思。我搞不懂那些斤斤計較的婦女，到底得到了什麼好處？

　　朋友在一起，最會為某些芝蔴小事傷和氣
：有時起於爭辯，有時起於誤會，倘若因而吵
起架來，跟小孩子沒有兩樣，總要賭氣個好幾
天。以前，我不免也會跟人吵架，事後想想又
十分懊悔。近來修養稍有進步，很難得在別人
面前出醜。這不是我懦弱，吵不贏別人，而是
感到和人爭些細事，毫無意義，倒不如多稱讚
對方，使對方的「盛氣」無從發洩，就可減少
一些紛爭。對於一道工作的同事，我也常把握
住讚美對方的機會，彼此見面時，他們總是笑
得比我開心。

　　以前在小學教書時，有些學生受了我的感
染，紛紛試著去讚美別人。他們從讚美媽媽做
的菜開始。一天，我詢問他們有什麼收穫。有
的母親聽了女兒的讚美後說：「少來這一套！」
有的母親說：「既然好吃，不要吃光，留點給別
人吃。」也有的母親說：「你喜歡吃，媽媽以後
多做給你吃。」不論媽媽的反應如何，他們都
有一個共同的感覺，那就是媽媽笑的機會增多
了。還有一位女孩告訴我說：「我誇獎我爸爸開

車技術好，從來沒被警察開過罰單。他聽了很高興，還說寒假要載我去南部玩呢！」如果天底下的子女都能不吝於對親人說些好話，那麼那些老子揮著棍子驅趕小子的場面，就不會再重演了。

結婚後，我一直很忙，內人常嘟著嘴不跟我說話。起先百思不解，後來才搞清楚，原來是自結婚以來，我就沒帶她出去玩過。她說：「你們男人都是一樣差勁，以前為了討好，那裏都可去。現在得到手了，求你晚上陪我到碧潭走走，卻推說那邊有惡少，去不得……」其實，是我太忙了，那有不想去外面透透氣的道理？但她屢次拿這一點向我興師問罪，害我越來越不喜歡假日。以後，每臨假日，我就找機會稱讚她幾句，還安慰她可以聽聽音樂，陪孩子玩，或者看書。她的耳根一軟，就很少對我提出遊的事，並且還想盡辦法讓我安心的做事。

我想只要是出於誠意的讚美，別人都會欣然的接受。當別人因此而感到快樂時，自己也

沒有理由不發出會心的微笑。有人說，贈人美
言，勝於金石珠玉。也有人說，聽人美言，勝
於絲竹琴瑟。這應是很有道理的話吧！

理諍

　　自從政府拿軍公教為年金改革祭旗後，社會輿論不太分辨就傾向認同政府單方面的論述，導致俱在的軍公教反彈即將變形伸展、甚至不惜要負嵎頑抗！顯然這是新出現的零和遊戲，本應避免也可以避免，如今卻任由它發生，的確很教人擔憂可能衍生的某些不良效應。

　　比如當「年金不改革就會破產」淪為口號，並且把它奉為神明而準備做成大砍軍公教退休金決策的時候，理該負責的政府無形中就躲到背後去圖輕鬆涼快，從此儘讓這個社會平添一股怒怒仇對的氣氛，而擾攘裂變沒有了時！換句話說，任何一個知道擔起責任的政府，它會像支付現職軍公教人員薪資那樣將具有保障性的年金如數撥給退休者，而不是反向叫他們自己來承受被恫嚇成真的年金破產後果。一旦政府這樣變相開了先例，往後難保不會在其他層面比照著推卸職責，那國家就岌岌可危了

。

　　又比如軍公教乃政府的外圍組織，人員退休是在職的延伸，今天政府要一刀切開，苛扣退休者的福利，令他們「自生自滅」，這樣固然可以省下一筆預算，但損失的也許會更多。理由就在：退休者原有餘裕參加各種活動和消費，去傳承經驗或接受諮詢，以及熱絡經濟，而持續成為社會穩定的力量；現在退休金要被緊縮了，缺乏安全感的預期心理頓生，一切會以減少出門和開銷為最大考量，馴致冷漠和洩氣以對這個社會，國家也因此失去可被仰望或期待的角色典範。

　　還有退休者本來足夠安享晚年，以及會把多餘財產留給下一代，但在這種情況丕變後，反過來得由子女負擔他們的醫療照護費用，並且繼承不到什麼東西而徒增怨憎情緒。如此惡性循環下去，社會必定要付出更多代際失和及窮於排擠的文化成本。

　　此外，當這些原是社會中堅的退休者有閒錢到國外旅遊，他們會將優質的形象帶出去，

散到家：徹底化散文演出實錄

可以讓國家贏得別人的尊敬，同時他們自己也會以擁有能夠這樣體貼退休者的政府為榮，而更加懂得珍惜和熱情支持政府；但在這一連帶的形勢逆轉後，再也沒有人來進行這種具有深遠影響力的國民外交，以及自此減卻偌多跟政府一條心的誓願！

眼看年金改革議題引發的世代、族羣和階層對峙言論繼續在醞釀，而上述攸關興替的可能效應卻還得不到政府的重視，毋乃是一件令人十分焦慮的事！大家當知道，污名化軍公教容易，但要挽回他們喪失對國家的信心和熱力卻是困難重重。政府施政倘若只懂得計利當前而不防後果，那麼除了短視無能讓人失望，恐怕連國家前途都會跟著陪葬而恆久性的教人惴恐難安。

因此，政府勢必要妥善預留餘地，給年金一個尊嚴，使自己成為足以供人「以小窺大」而衷心願意一起打拚且共榮辱的對象；否則為了討好其他人而像現今這般一意孤行的打擊軍公教士氣，也許可以多爭取到一些選票，但

所平白損失的偌多東西卻怎麼也挽回不了，最
後國家空洞化的苦果還是執政者實際要去忍
受。

附錄：作者著作一覽表

一、論著

1. 《詩話摘句批評研究》，臺北：文史哲，
   1993。

2. 《秩序的探索——當代文學論述的省察》
   ，臺北：東大，1994。

3. 《文學圖繪》，臺北：東大，1996。

4. 《臺灣當代文學理論》，臺北：揚智，
   1996。

5. 《佛學新視野》，臺北：東大，1997。

6. 《臺灣文學與「臺灣文學」》，臺北：生智
   ，1997。

7. 《語言文化學》，臺北：生智，1997。

8. 《兒童文學新論》，臺北：生智，1998。

9. 《新時代的宗教》，臺北：揚智，1999。

10. 《佛教與文學的系譜》，臺北：里仁，1999
    。

11. 《思維與寫作》，臺北：五南，1999。

12. 《中國符號學》，臺北：揚智，2000。

13. 《文苑馳走》，臺北：文史哲，2000。

14. 《作文指導》，臺北：五南，2001。

散到家：徹底化散文演出實錄

15. 《後宗教學》，臺北：五南，2001。

16. 《故事學》，臺北：五南，2002。

17. 《死亡學》，臺北：五南，2002。

18. 《閱讀社會學》，臺北：揚智，2003。

19. 《文學理論》，臺北：五南，2004。

20. 《語文研究法》，臺北：洪葉，2004。

21. 《創造性寫作教學》，臺北：萬卷樓，2004。

22. 《後佛學》，臺北：里仁，2004。

23. 《後臺灣文學》，臺北：秀威，2004。

24. 《身體權力學》，臺北：弘智，2005。

25. 《靈異學》，臺北：洪葉，2006。

26. 《語用符號學》，臺北：唐山，2006。

27. 《紅樓搖夢》，臺北：里仁，2007。

28. 《語文教學方法》，臺北：里仁，2007。

29. 《走訪哲學後花園》，臺北：三民，2007。

30. 《佛教的文化事業——佛光山個案探討》，臺北：秀威，2007。

31. 《轉傳統為開新——另眼看待漢文化》

，臺北：秀威，2008。

32.《從通識教育到語文教育》，臺北：秀威，2008。

33.《文學詮釋學》，臺北：里仁，2009。

34.《反全球化的新語境》，臺北：秀威，2010。

35.《文學概論》，新北：揚智，2011。

36.《語文符號學》，上海：東方，2011。

37.《生態災難與靈療》，臺北：五南，2011。

38.《華語文教學方法論》，臺北：新學林，2011。

39.《文化治療》，臺北：五南，2012。

40.《華語文文化教學》，新北：揚智，2012。

41.《文學經理學》，臺北：五南，2016。

42.《文學動起來——一個應時文創的新藍圖》，臺北：秀威，2017。

43.《解脫的智慧》，臺北：華志，2017。

44.《走出新詩銅像國》，臺北：華志，2019

。

45.《與君子有約：在全球化風險中找出路
》，臺北：華志，2020。

46.《靈異語言知多少》，臺北：華志，2020
。

47.《新說紅樓夢》，臺北：華志，2020。

48.《《莊子》一次看透》，臺北：華志，2020
。

49.《君子學：後全球化時代的希望工程》
，臺北：華志，2021。

50.《寫作新解方》，臺北：華志，2021。

51.《《周易》一次解密》，臺北：華志，2021
。

52.《諸子臺北學》，臺北：華志，2022。

53.《靈異藝術學》，臺北：華志，2023。

二、詩集

1.《蕪情》，臺北：詩之華，1998。

2.《七行詩》，臺北：文史哲，2001。

3.《未來世界》，臺北：文史哲，2002。

4. 《我沒有話要說——給成人看的童詩》，
   臺北：秀威，2007。

5. 《又有詩》，臺北：秀威，2007。

6. 《又見東北季風》，臺北：秀威，2007。

7. 《剪出一段旅程》，臺北：秀威，2008。

8. 《新福爾摩沙組詩》，臺北：秀威，2009
   。

9. 《銀色小調》，臺北：秀威，2010。

10. 《飛越抒情帶》，臺北：秀威，2011。

11. 《游牧路線——東海岸愛戀赤字的旅行
    》，臺北：秀威，2012。

12. 《意象跟你去遨遊》，臺北：秀威，2012
    。

13. 《流動偵測站——列車上的吟詩旅人》
    ，臺北：秀威，2016。

14. 《詩後三千年》，臺北：秀威，2017。

15. 《重組東海岸》，臺北：秀威，2018。

16. 《絕句詩變身秀》，臺北：華志，2022。

17. 《湖它一把：東海岸最詩的傳奇》，臺北
    ：華志，2022。

三、散文集

1.《追夜》(附錄小說)，臺北：文史哲，1999
。

2.《酷品味：許一個有深度的哲學化人生》
，臺北：華志，2018。

3.《散到家：徹底化散文演出實錄》，臺北
：華志，2023。

四、小說集

1.《瀰來瀰去──跨域觀念小小說》，臺北
：華志，2019。

2.《叫我們哲學第一班》，臺北：華志，2021
。

五、傳記

1.《走上學術這條不歸路》，新北：生智，
2016。

六、雜文集

1.《微雕人文——歷世與渡化未來的旅程》，臺北：秀威，2013。

2.《風有話要說：一個東海岸新隱士的札記》，臺北：華志，2022。

七、編撰

1.《幽夢影導讀》，臺北：金楓，1990。

2.《舌頭上的蓮花與劍——全方位經營大志典：言辭卷》，臺北：大人物，1994。

八、合著

1.《中國文學與美學》（與余崇生、高秋鳳、陳弘治、張素貞、黃瑞枝、楊振良、蔡宗陽、劉明宗、鍾屏蘭等合著），臺北：五南，2000。

2.《臺灣文學》（與林文寶、林素玟、林淑貞、張堂錡、陳信元等合著），臺北：萬卷樓，2001。

3.《閱讀文學經典》（與王萬象、董恕明等合著），臺北：五南，2004。

4.《新詩寫作》（與王萬象、許文獻、簡齊儒、董恕明、須文蔚等合著），臺北：秀威，2009。

國家圖書館出版品預行編目資

散到家：徹底化散文演出實錄 / 周慶
華著 . -- 初版 . -- 臺北市：華志文化
事業有限公司 , 2023.04
面；　公分 . -- (冷知識 ; 2)

ISBN 978-626-97109-4-2(平裝)

863.55　　　　　　　　112001191

日
系列／冷知識02

書名／散到家：徹底化散文演出實錄

華志文化事業有限公司

作　者　周慶華

執行編輯　楊雅婷

封面設計　王志強

文字校對　陳欣欣

企劃執行　康敏才

總　編　輯　吳志文

社　長　楊凱翔

出　版　者　華志文化事業有限公司

電子信箱　huachihbook@yahoo.com.tw

電話　地址　0937075060
116 台北市文山區興隆路四段九十六巷三弄六號四樓

總　經　銷　旭昇圖書有限公司
地　　址　235 新北市中和區中山路二段三五二號二樓
電　　話　02-22451480
傳　　真　02-22451479
郵政劃撥　戶名：旭昇圖書有限公司 (帳號：12935041)

書　　號　G 702
出版日期　西元二○二三年四月初版第一刷

PRINT IN TAIWAN

華志文化